사피엔스 한국문학

중·단편소설

06

양귀자

원미동 시인
비 오는 날이면
　가리봉동에 가야 한다
한계령

『사피엔스²¹』

사피엔스 한국문학 중·단편소설 06
양귀자 원미동 시인

초판 1쇄 펴낸날 2012년 2월 13일
초판 5쇄 펴낸날 2019년 1월 20일

지은이 양귀자
엮은이 김양선
펴낸이 최병호
본문 일러스트 이경하
펴낸곳 (주)사피엔스21
주소 10403 경기도 고양시 일산동구 중앙로 1233 현대타운빌 205
전화 031)902-5770 **팩스** 031)902-5772
출판등록 제22-3070호
ISBN 978-89-6588-082-0 44810
ISBN 978-89-6588-072-1 (세트)

*파본은 교환해 드립니다.
*이 책에 실린 모든 내용에 대한 권리는 (주)사피엔스21에 있으므로
 무단으로 전재하거나 복제, 배포할 수 없습니다.

양귀자

- 원미동 시인
  비 오는 날이면
    가리봉동에 가야 한다
  한계령

사피엔스 한국문학 중·단편소설 06 | 엮은이 · 김양선

사피엔스 한국문학 - 중·단편소설을 펴내며

　『사피엔스 한국문학』은 청소년과 일반 성인이 한국 문학을 대표하는 작가들의 대표 작품을 편하게 읽으면서도 한국 현대 문학의 흐름을 이해하는 데 다소라도 도움이 되도록 기획한 선집(選集)입니다. 이미 다수의 한국 문학 선집이 시중에 출간되어 있으나, 이번 선집은 몇 가지 점에서 이전 선집들과의 차별화를 시도하였습니다.

　첫째, 안정되고 정확한 텍스트를 독자에게 제공하는 데 주안점을 두었습니다. 문학 작품은 말 그대로 언어라는 실로 짠 화려한 양탄자입니다. 더군다나 한국 문학을 대표하는 작가들의 대표 작품들이라면 두말할 나위가 없겠지요. 이들 작품을 감상하는 데 있어서 정확하면서도 편안한 텍스트를 제공하는 것은 선집이 지녀야 할 핵심 덕목이라고 할 수 있습니다. 그래서 이번 선집은 각 작품의 최초 발표본과 작가 생애 최후의 판본, 그리고 가장 최근에 발간된 비판적 판본(critical version) 등을 참조하여 텍스트에 정확성을 최대한 기하되, 현대인이 읽기 쉽도록 표기를 다듬었습니다. 또한 낯설거나 어려운 낱말에 대한 풀이를 두어서 작품 감상의 흐름이 끊어지지 않고 작품에 자연스럽게 몰입할 수 있도록 편집하는 데 많은 노력을 기울였습니다.

둘째, 선집에 포함될 작가와 작품을 선정하는 데 고심에 고심을 기울였습니다. 물론 기존 문학 선집들의 경우에도 작가 및 작품 선정에 그 나름의 고심을 기울였을 것입니다. 하지만 문학 선집이라는 것은 시대의 흐름과 독자의 취향, 현대적 문제의식 등을 종합적으로 고려해야 하는 것이어서, 시간이 지나고 세상이 바뀌면 작가 및 작품의 선정 기준과 원칙도 달라질 수밖에 없습니다. 이번 선집은 이러한 점들을 고려하여 작가와 작품을 엄선하되, 오늘을 살아가는 청소년과 일반 성인들이 갖고 있는 문제의식 및 취향에 부합할 수 있도록 노력하였습니다.

셋째, 청소년을 위한 최선의 한국 문학 선집이 될 수 있도록 하였습니다. 오늘날 세상은 디지털 문명으로 매우 빠르게 흘러가고, 우리 청소년들은 입시의 중압감과 온갖 뉴미디어의 홍수 속에서 자칫 마음을 키우고 생각을 넓히는 데 소홀해지기 쉽습니다. 이러한 정보의 홍수와 경쟁의 급류 속에서 문학은 자칫 잃기 쉬운 성찰의 기회를 제공해 줍니다. 시대와 호흡하면서 인간의 삶이 제기하는 다양한 문제를 다채롭게 형상화한 작품을 읽으며, 그 작품 속에 그려진 세상과 인물에 공감하면서 때로는 충격을 받고, 때로는 고민에 휩싸이며, 그 속에서 새로운 자아를 발견하는 과정을 통해 청소년들이 깊은 생각과 넓은 마음을 키울 수 있을 것이라 확신합니다. 작품별로 자세한 해설을 달고 그 해설에서 문학 교육의 핵심 내용을 비중 있게 다룬 것 또한 청소년 독자를 위한 배려에서 비롯된 것입니다.

　문학 선집을 엮는 일은 두렵고도 설레는 일입니다. 감히 작가와 작품을 고른다는 것도 두려운 일이었거니와, 이 선집을 시대가 요구하는 최고의 선집으로 만들어야겠다는 사명감도 이번 문학 선집을 엮는 과정에서 저희 엮은이들과 편집자들의 어깨를 짓누르는 한편 가슴 벅찬 기대를 품게 만들었습니다. 부디 이 선집으로 많은 이들이 한국 문학의 정수(精髓)를 만끽하길 바랍니다. 그리고 날카로운 질책과 따스한 성원을 아울러 기대합니다.

　끝으로 이 자리를 빌려 물심양면으로 선집의 출간을 뒷받침해 주신 (주)사피엔스21의 권일경 대표 이사님 이하 편집부 직원 모두에게 감사를 드립니다. 또한 이 선집을 위해 작품의 출간을 허락하신 작가들과 저작권을 위임받아 여러 편의를 제공해 준 한국문예학술저작권협회 측에도 감사의 말을 전합니다.

엮은이 대표 _ 신두원

일러두기

1. 수록 작품은 최초 발표본과 작가 생애 최후의 판본, 그리고 가장 최근에 발간된 비판적 판본(critical version) 등을 참조하여 텍스트를 확정했습니다. 참조한 판본은 작품 뒤에 밝혔습니다.
2. 한 작가의 작품 배열은 청소년들의 눈높이와 문학사적인 지명도를 고려하여 그 순서를 정하였습니다.
3. 뜻풀이가 필요하다고 판단되는 낱말과 문장은 본문 아래쪽에 그 풀이를 달았습니다.
4. 표기는 원문에 충실히 따르는 것을 원칙으로 하되, 맞춤법과 띄어쓰기는 최대한 현행 표기법을 따랐습니다. 단, 해당 작가만의 개성이 묻어 있는 말이나 방언, 속어, 고어 등은 최대한 원문대로 살려 놓았습니다.
5. 위의 원칙들은 작가에 따라, 지문과 대화에 따라, 문체에 따라, 문맥에 따라 적용의 정도가 달라질 수 있습니다.

차례

간행사 4

원미동 시인 10
비 오는 날이면 가리봉동에 가야 한다 56
한계령 118

작가 소개 178

원미동 시인

'시인'의 마음으로 살아가는 순수한 청년이 있습니다. 이 청년은 주변 사람들로부터 이용당하고, 모자란 사람이라고 놀림을 받으며, 동네 깡패에게 얻어맞기도 합니다. 하지만 그는 다른 사람들의 놀림거리가 되거나 폭력의 희생자가 되는 이러한 상황을 묵묵히 견딥니다. 왜 그는 화를 내거나 저항하지 않을까요? 작품을 읽으며 그 이유를 생각해 봅시다.

남들은 나를 일곱 살짜리로서 부족함이 없는 그저 그만한 계집아이 정도로 여기고 있는 게 틀림없지만, 나는 결코 그저 그만한 어린아이는 아니다. 세상 돌아가는 이치를 다 알고 있다, 라고 말하는 게 건방지다면 하다못해 집안 돌아가는 사정이나 동네 사람들의 속마음 정도는 두루 알아맞힐 수 있는 눈치만큼은 환하니까. 그도 그럴 것이 사실을 말하자면 내 나이는 여덟 살이거나 아홉 살, 둘 중의 하나이다.

낳아 놓으니까 어쩌나 부실한지 살아날 것 같지 않아 차일피일* 출생 신고를 미루다 보니 그렇게 된 것이라 하는데 그나마 일곱 살짜리로 호적에 올려놓은 것만도 다행인 셈이었다. 살아 나기를 원하지 않았을 엄마 마음쯤은 나도 이미 알고 있는 터였다. 아버지는 좀 덜하지만 엄마는 나만 보면 늘상 으르렁거렸

차일피일(此日彼日) 이 날 저 날 하고 자꾸 정해진 시기를 미루는 모양.

다. 꿈도 꾸지 않았던 자식이었지만 행여 해서 낳아 봤더니 원수 같은 또 딸이더라는 원성은 요사이도 노상 두고 하는 입버릇이니까 서운할 것도 없었다.

그것은 뭐 내가 일찌감치 철이 들어서가 아니라, 우리 집 사정이 워낙 그러했다. 내가 태어나던 해에 벌써 스물이 넘어 처녀티가 꽉 밴 큰언니에서 중학교 졸업반이던 막내 언니까지 딸이 무려 넷이었다. 마흔셋에 임신인지도 모르고 네댓 달 배를 키우다가 엄마는 여기저기 용하다는 점쟁이들한테 다녀 보고는 마침내 낳을 결심을 했었다는 것이다. 모든 점쟁이들이 '만장일치'로 아들이라고 주장해서였다. 그런 판에 또 조개 달고 나오기가 무렴해서였는지 냉큼 쑥 빠져나오지 못하고 버그적거리는 통에 산모를 반죽음시켜 놓았다니 나로서는 입이 열 개라도 할 말이 없는 형편이었다. 그렇지만 실제로는 여덟 살이다, 아홉 살이다 자꾸 이랬다저랬다 하는 엄마도 과히 잘한 것은 없다. 내가 뭐 뺄셈 덧셈에 아주 까막눈인 줄 알지만 천만에, 우리 엄마는 내가 세 살이 될 때까지도 혹시 죽어 주지나 않을까 기다린 게 분명하다.

원성(怨聲) 원망하는 소리.
노상 언제나 변함없이 한 모양으로 줄곧.
무렴(無廉) 1. 염치가 없음. 2. 염치가 없음을 느껴 마음이 부끄럽고 거북함.
버그적거리다 '버르적거리다'의 잘못된 표현. 고통스러운 일이나 어려운 고비에서 벗어나려고 팔다리를 내저으며 큰 몸을 자꾸 움직이다.
까막눈 어떤 일에 대하여 아무것도 모르는 사람의 눈 또는 그런 사람을 비유적으로 이르는 말.

원미동 시인

내가 얼마나 구박덩이에 미운 오리 새끼인가를 길게 설명하고 싶지는 않다. 진짜 하고 싶은 이야기는 그런 따위 너절한 게 아니라 원미동 시인(詩人)에 관한 것이니까. 내가 여러 가지 것을 많이 알고 있다고는 해도 솔직히 시가 뭣인지를 정확히 설명할 수는 없다. 얼추 짐작하기로 그것은 달 밝은 밤이나 파도가 출렁이는 바닷가에서 눈을 착 내리깔고 멋진 말을 몇 마디 내뱉는 것이 아닐까 여기지만 원미동 시인이 하는 것을 보면 매양 그렇지도 않은 모양이었다. 우리 동네에는 원미동 시인 말고도 원미동 카수니 원미동 멋쟁이, 원미동 똑똑이 등이 있다. 행복사진관 엄씨 아저씨가 원미동 카수인데 지난번 '전국 노래 자랑' 부천 대회에서 예선에도 못 들고 떨어졌다니 대단한 솜씨는 못될 것이었다. 소라 엄마가 원미동 멋쟁이라는 것은 내가 가장 잘 안다. 그 보라색 매니큐어와 노랑머리는 소라 엄마뿐이니까. 원미동 똑똑이는, 부끄럽지만 우리 엄마다. 부끄럽다는 것은 남의 일에 간섭이 심하고 걸핏하면 싸움질이나 해 대는 똑똑이는 욕이나 마찬가지라는 것을 알기 때문이다.

원미동 시인에게는 또 다른 별명이 있다. 퀭한 두 눈에 부스스한 머리칼, 사시사철 껴입고 다니는 물들인 군용 점퍼와 희끄무레하게 닳아빠진 낡은 청바지가 밤중에 보면 꼭 몽달귀신 같

너절하다 하찮고 시시하다.
군용(軍用) 군사적 목적에 씀. 또는 그 목적에 쓰는 돈이나 물건.
몽달귀신(--鬼神) 총각이 죽어서 된 귀신.

다고 서울 미용실의 미용사 경자 언니가 맨 처음 그를 '몽달 씨'라고 부르기 시작했다. 경자 언니뿐만 아니라 우리 동네 사람이라면 누구나 그를 좀 경멸하듯이, 어린애 다루듯 함부로 하는 게 보통인데 까닭은 그가 약간 돌았기 때문이라는 것이었다. 언제부터 어떻게 살짝 돌았는지는 모르지만 아무튼 보통 사람과 다른 것만은 틀림없었다. 몽달 씨는 무궁화 연립주택 3층에 살고 있었다. 베란다에 화분이 유난히 많고 새장이 세 개나 걸려 있는 몽달 씨네 집은 여름이면 우리 동네에서는 드물게 윙윙거리며 하루 종일 에어컨이 돌아가는 부자였다. 시내에서 한약방을 하는 노인이 늘그막에 젊은 마누라를 얻어 아기자기하게 살아 보는 판인데 결혼한 제 형 집에 있지 않고 새살림 재미에 폭 빠진 아버지 곁으로 옮겨 온 막둥이였다. 그것부터가 팔불출이 짓이라고 강남 부동산의 고흥댁 아줌마가 욕을 해쌌는데, 아들이 아버지와 함께 사는 게 왜 바보 짓이라는 건지 알 수가 없었다.✢

그런 몽달 씨에게 친구가 있다면 아마 내가 유일할 것이었다. 몽달 씨 나이가 스물일곱이라니까 나보다 스무 살이나 많지만

막둥이 '막내'를 귀엽게 이르는 말.
팔불출(八不出) 몹시 어리석은 사람을 이르는 말.
✢ 아들이 아버지와 함께 사는 게 왜 바보 짓이라는 건지 알 수가 없었다 고흥댁 아줌마는 새살림 재미에 폭 빠진 아버지 집에 몽달 씨가 얹혀사는 것을 보고 눈치가 없다는 뜻에서 '팔불출이 짓'이라고 한다. 하지만 어린 '나'는 가족이 모여 사는 게 당연한 일이라고 생각하기 때문에 고흥댁 아줌마의 말을 이해할 수가 없는 것이다.

우리는 엄연히 친구다. 믿지 않겠지만 내게는 스물일곱짜리 남자 친구가 또 하나 있다. 우리 집 옆, 형제 슈퍼의 김 반장이 바로 또 하나의 내 친구인데 그는 원미동 23통 5반의 반장으로 누구보다도 씩씩하고 재미있는 사람이었다. 나는 매일같이 슈퍼 앞의 비치파라솔 의자에 앉아 그와 함께 낄낄거리는 재미로 하루를 보내다시피 하였는데 요즘은 내가 의자에 앉아 있어도 전처럼 웃기는 소리를 해 주거나 쭈쭈바 따위를 건네주는 법 없이 다소 퉁명스러워졌다. 그 까닭도 나는 환히 알고 있지만 모르는 척하는 수밖에. 우리 집 셋째 딸 선옥이 언니가 지난달에 서울 이모 집으로 훌쩍 떠나 버렸기 때문인 것이다. 김 반장이 선옥이 언니랑 좋아 지내는 것은 온 동네가 다 아는 일이지만 선옥이 언니 마음이 요새 좀 싱숭생숭하더니 기어이는 이모네가 하는 옷 가게를 도와준다고 서울로 가 버렸다. 선옥이 언니는 얼굴이 아주 예뻤다. 남들 말대로 개천에서 용이 났다고 해도 과언이 아닐 만큼 지지리 궁상인* 우리 집에 두고 보기로는 아까운 편인데, 그 지지리 궁상이 지겨워 맨날 뚱하던 언니였다.

참말이지 밝히고 싶지 않지만 우리 아버지는 청소부다. 아침 새벽부터 저녁 늦게까지 남의 집 쓰레기통만 뒤지고 다니는 직업이라 몸에서 나는 냄새도 말할 수 없을 만큼 지독했다. 아버

싱숭생숭하다 마음이 들떠서 어수선하고 갈팡질팡하다.
✽ 지지리 궁상인 아주 몹시 어렵고 가난하게 사는. '지지리'는 '아주 몹시' 또는 '지긋지긋하게', '궁상(窮狀)'은 '어렵고 궁한 상태'를 뜻한다.

지만이 아니라 밝히고 싶지 않은 것이 또 있다. 큰언니는 경기도 양평으로 시집가서 농사꾼 아내가 되었으니 상관없지만 둘째 언니 이야기는 말하기가 부끄럽다. 둘째 언니는 처음에는 버스 안내양, 그 다음에는 소시지 공장의 여 공원, 그 다음에는 다방에서 일하더니 돈 버는 일에 극성인 성격대로 지금은 구로동 어디에서 스물여섯 살의 처녀가 대폿집을 열고 있다. 언젠가 한번 가 봤더니 키가 멀대같이 큰 남자가 하나뿐인 방에서 웃통을 벗어부친 채 잠들어 있고 언니는 그 옆에서 엎드려 주간지를 뒤적이고 있지 않은가. 그만한 정도로도 나는 일이 되어 가는 모양을 알 수가 있었다.

우리 엄마와 청소부 아버지는 딸년들이야 시집보낼 만큼만 가르치면 족하다고 언니들을 모두 중학교까지만 보냈는데 웬일인지 선옥이 언니만 고등학교를 보냈었다. 그래서 더 골치이긴 하지만. 기껏 고등학교까지 나왔으니 공장은 싫다, 차라리 영화배우가 되는 편이 낫다고 우거지상을 피우던 언니가 김 반장네의 콧구멍 같은 가게가 성에 찰 리 없을 것이었다.

이제 겨우 일곱 살짜리가, 사실은 그보다야 많지만 왜 나이

안내양(案內孃) 예전에, 기차나 버스에서 발차 신호나 승객 안내 등 차 안의 일을 맡아보던 여자 승무원. '여차장'이라고도 불림.
공원(工員) 공장에서 노동에 종사하는 사람.
대폿집 큰 술잔으로 마시는 술을 파는 가게.
멀대 키가 크고 멍청한 사람을 놀림조로 이르는 말(충청도 사투리).
주간지(週刊誌) 한 주일에 한 번씩 발행하는 잡지.
우거지상(---相) 잔뜩 찌푸린 얼굴의 모양을 속되게 이르는 말.

많은 떠꺼머리총각들하고만 어울리는지 이상할 터이나 그것은 결코 내 책임이 아니었다. 단짝인 소라를 비롯하여 몇 명의 친구들이 작년과 올해에 걸쳐 모두 국민학교에 입학해 버렸고, 좀 어려도 아쉰 대로 놀아 볼 만한 아이들까지 깡그리 유치원에 다니기 때문에 아침밥 먹고 나오면 원미동 거리에는 이제 두어 살짜리 코흘리개들밖에 남지 않는 것이다. 설령 오후가 되어도 사정은 마찬가지였다. 끼리끼리만 통하는 아이들이 좀처럼 놀이에 끼워 주지 않기 때문에 나는 그만 홀로 뚝 떨어져 나와 외계인처럼 어성버성한 아이가 되어 버렸다. 우리 동네에는 값이 싼 유치원도 많고 피아노 교습소도 두 군데나 있지만 엄마는 꿈쩍도 하지 않는다. 단칸방에 살아도 모두들 유치원에 보내느라고 아침마다 법석인데 나는 이날 이때껏 유희 한 번 제대로 배워 보지 못한 것이다. 아버지가 남의 집 쓰레기통에서 주워 온 그림책이나 고장 난 장난감이야 지천으로 널렸지만 이제는 그런 것들에는 흥미도 없으니 아무래도 나는 어른이 다 된 모양이었다.

몽달 씨와 친구가 된 것은 올 봄, 바로 외계인 같던 시절이었다. 형제 슈퍼 앞에서 어슬렁거리며 김 반장이 언제나 말동무가

떠꺼머리총각(----總角) '노총각'을 비유적으로 이르는 말.
국민학교(國民學校) '초등학교'의 전 용어.
어성버성하다 분위기가 어색하거나 사람을 대하는 것이 부자연스럽고 사이가 서먹서먹하다.
유희(遊戲) 1. 즐겁게 놀며 장난함. 또는 그런 행위. 2. 유치원이나 초등학교에서, 어린이들의 육체적 단련과 정서 교육을 위하여 일정한 방법에 따라 재미있게 하는 운동.
지천(至賤) 매우 흔함.

되어 주려나 눈치만 보고 있는데 바로 내 뒤에 똑같은 자세로 김 반장 눈치를 보는 몽달 씨가 있었다. 염색한 작업복 주머니에서 꼬깃꼬깃한 종이를 펼쳐 들고 주춤주춤 내 옆의 빈 의자에 앉은 그가 "경옥아!" 하고 내 이름을 불렀을 때 정말이지 나는 기절할 정도로 놀랐다. 좀 바보이고 약간 돌았다고 생각했으므로 언젠가는 그가 보는 앞에서도 "헤이, 몽달귀신!" 하고 놀려 댄 적도 있었던 나였다. 놀라서 입을 쩌억 벌리고 있는 내게 그가 다음에 건넨 말은 더욱 기가 찼다.

"너는 나더러 개새끼, 개새끼라고만 그러는구나……."

나는 눈을 둥그렇게 떴다. 몽달귀신이라고 부른 적은 있지만 결코, '참말이지 하늘에 맹세코' 그를 개새끼라고 부른 적은 없었다. 그래서 나는 나도 모르게 고개를 마구 저어 댔다. 그런 나를 보는지 마는지 그는 계속해서 말했다. 너는 나더러 개새끼, 개새끼라고만 그러는구나…….

지금 생각해도 참 어이가 없는 노릇이지만, 세상에 그게 바로 시라는 것이었다. 김 반장이 몽달 씨에게 시를 쓴다 하니 멋있는 시를 한 수 지어 보라고 했다는 것이다. 그 청을 받고 몽달 씨는 밤새 끙끙거리며 시를 쓰려 했으나 도무지 마음먹은 대로 되지 않아 어느 유명한 시인의 시를 베껴 왔는데 그 구절이 바로 그 시의 마지막이라고 했다.

"예끼, 이 사람아. 내가 언제 자네더러 개새끼, 개새끼 그랬는가?"

김 반장은 으레 그럴 줄 알았다는 듯 몽달 씨 어깨를 툭 치며 빈정대고 말았지만 나의 놀라움은 쉽게 가시지 않았다. 기억을 못해서 그렇지 그를 향해 개새끼, 라고 욕을 한 적이 꼭 있었던 것같이만 생각될 지경이었다. 김 반장이야 뭐라건 말건 몽달 씨는 그날 이후 며칠간은 개새끼 시를 외우고 다녔고 나는 김 반장 외에 몽달 씨까지도 내 친구로 해야겠다고 속으로 결심해 두었다. 시인하고 친구가 된다는 것은 구멍가게 주인과 친구가 되는 것보다는 훨씬 근사했으니까.

그렇긴 했으나 약간 돈 사내와 오랜 시간을 어울려 다닐 만큼 나는 간이 크지 못했다. 게다가 김 반장은 마음이 내키면 언제라도 알사탕이나 쭈쭈바를 내놓을 수 있지만 몽달 씨는 그런 면으로는 영 젬병이었다. 그는 오로지 시에 대하여 말하고 시를 생각하고 시를 함께 외우자는 요구밖에는 몰랐다. 그에게는 시가 전부였다. 바람이 불면 '풀잎에 바람 스치는 소리' 때문에 가슴이 아프고, 수녀가 지나가면 문득 "열일곱 개의, 또는 스물한 개의 단추들이 그녀를 가두었다."라고 부르짖었다. 그는 하루 종일이라도 유명한 시인들의 시를 외울 수 있었다. 그것만이 아니었다. 외운 시구절만 가지고 몇 시간이라도 대화를 할 수 있다고 그가 말하였다. 그게 바로 시적 대화라고 가르쳐 주기도 하였다. 그러기 위해서 그는 밤새도록 시를 읽는다고 하였다.

젬병(-餠) 형편없는 것을 속되게 이르는 말.

몽달 씨는 밤이 되면 엎드려 시를 외우고, 다음 날이면 그 시로써 말하는 사람이었다.

  시를 빼고 나면 나와 마찬가지로 몽달 씨도 심심한 사람이었다. 낮 동안에는 꼼짝없이 젊은 새어머니와 한집에서 지내야 하기 때문에 끊임없이 동네를 빙빙 돌면서 시간을 때워 나갔다. 내가 김 반장과 마주 앉아 별로 새로울 것도 없는 이야기를 하다 보면 어느샌가 슬쩍 다가와 약간 구부정한 허리로 의자에 주저앉곤 하는 몽달 씨는 나보다 훨씬 강렬하게 김 반장의 친구가 되었으면 하는 소망을 품고 있는 것처럼 보였다. 우리들은 제법 뜨거운 한낮 동안 각기 편한 자세로 앉아 신문을 읽거나 졸거나 하는 무료한˙ 시간을 보내다가 막걸리 손님이라도 들이닥치면 몽달 씨와 나는 재빨리 의자를 비워 주곤 김 반장이 바삐 설치는 모양을 우두커니 바라보곤 하였다. 김 반장은 몽달 씨가 시가 어쩌구 하며 이야기를 꺼내기라도 할라치면 대번에 딴소리를 해서 입막음을 하기 때문에 몽달 씨도 김 반장 앞에서는 도통˙ 시에 대한 말을 입에 올리지 않았다. 대신에 내가 원미동 시인의 '시적 대화'를 끊임없이 듣는 형편이었다.

  그때까지만 해도 몽달 씨보다는 김 반장과 함께 있는 것이 더 좋았었다. 김 반장이 그 커다란 손바닥으로 내 엉덩이를 철썩

무료하다(無聊--) 흥미 있는 일이 없어서 심심하고 지루하다.
도통(都統) 도무지.

치면서 "어이, 경옥이 처제!" 하고 불러 주면 기분이 그럴싸해서 저절로 웃음이 비어져˙ 나왔고 가끔 가다 오토바이 뒷좌석에 앉아 함께 배달을 나가기라도 할라치면 피아노 배우러 가던 계집애들이 손가락을 입에 물고 부러워 죽겠다는 듯이 나를 바라봐 줬었다. 김 반장이 말 많은 원미동 여자들 누구하고도 사이좋게 지내면서 야채에다 생선까지 떼다˙ 수월찮게˙ 재미를 보는 것을 잘 아는 고흥댁 아주머니도 "선옥이가 인물만 좀 훤할 뿐이지 그 집안 꼬라지로 봐서 김 반장이면 횡재한 거야.✤" 하면서 은근히 선옥이 언니를 비아냥거렸다. 흥, 나는 고흥댁 아주머니의 마음도 알아맞힐 수 있다. 선옥이 언니보다 한 살 많은 딸이 하나 있는데 인물이 좀 제멋대로인 것이 아줌마의 속을 뒤집어 놓은 것이다. 그러면서도 지난번엔 김 반장 같은 사위나 얼른 봐야 될 것 아니냐는 은혜 할머니 말에는 가당찮게도 코웃음을 쳤었다.

"요새 시상에 뭐 부모가 무슨 상관 있답뎌? 그래도 갸가 보는 눈이 높아서 엥간한 남자는 말도 못 꺼내게 하요잉. 저기 은행 대리가 중매를 넣어 왔는디도 돌아보도 않습디다. 전문학교일망정 대학물도 일 년 남짓 보았고 해서, 아는 게 아주 많

비어지다 숨기거나 참거나 하던 일이 드러나다.
떼다 장사를 하려고 한꺼번에 많은 물건을 사다.
수월찮다 꽤 많다.
✤ 그 집안 꼬라지로 봐서 김 반장이면 횡재한 거야 선옥이네 집안 상태로 보아 김 반장 정도면 좋은 결혼 상대라는 의미이다.

다요."

 그런 말을 들을 때마다 나는 목구멍이 근질거려서 견딜 수가 없었다. 왜 목구멍이 근질거리는가 하면 나는 또 다른 비밀을 하나 알고 있기 때문이었다. 이것은 정말 특급 비밀인데 만약에 이 사실을 고흥댁 아주머니가 알았다가는 어떻게 수습이 되는지 내가 더 걱정인 판이다.

 복덕방집 딸 동아 언니가 누구와 좋아 지내는가는 아마 나밖에 모르는 일일 것이다. 지난 봄에 소라네 집에 놀러갔다가 우연히 알게 된 사실로 소라조차도 영 모르고 있으니 나 혼자만 꿍꿍 앓다 말아야 할 것이긴 하지만, 그날 이후 복덕방 식구들만 만나면 내가 더 안절부절못했다. 여태까지 누구에게도 털어놓지 않은 말이라 좀 망설여지긴 하지만 아이, 할 수 없다, 이야기를 꺼냈으니 털어놓을밖에. 동아 언니는 소라네 대신 설비에서 소라 아빠의 일을 거들어 주는 노가다 청년하고 연애를 하는 판이다. 그것도 보통 사이가 아니다. 지난 봄날, 소라네 집에 갔다가 소라가 보이지 않아 무심코 모퉁이를 돌아 나와 옆구리 창으로 가게를 기웃 들여다보니 그 두 남녀가 딱 붙어 앉아서 이상한 짓을 하고 있지 않은가. 동아 언니는 그렇다 치고 청년은 땀까지 뻘뻘 흘리면서 언니의 머리통을 꽉 껴안고 있었는데 좀

수습(收拾) 어수선하거나 복잡한 사태를 바로잡음.
노가다 막일꾼. 막일을 하는 것을 직업으로 하는 사람.
 막일 이것저것 가리지 않고 닥치는 대로 하는 노동.

무섭기도 하였다.

　이야기가 괜히 옆으로 흘렀지만 아무튼 선옥이 언니가 김 반장 같은 신랑감을 차 버린 것은 좀 아쉬운 일이기는 하였다. 김 반장이야 아직도 미련을 버리지 못하고 있는 터라 나만 보면 지금도 언니가 왔는가를 묻기에 여념˙이 없었다. 허나 선옥이 언니는 처음 떠날 때도 그랬지만 요사이 한 번씩 집에 들를 적에도 형제 슈퍼 쪽은 쳐다보지 않는다. 어떨 때는 "어휴, 저 거지발싸개˙ 같은 자식." 이라고 욕도 막 내뱉는데 어떻게 알았는지 이모네 옷가게로 심심하면 전화질이라고 이를 갈았다. 가만히 눈치를 보아하니 선옥이 언니도 요새 새 남자가 생긴 것 같고 전과 달리 아무 데서나 속옷을 홀렁홀렁 벗어던지며 옷을 갈아입는데, 그 속옷이 요사무사하게˙ 생겨서 내 눈을 달뜨게˙ 하곤 했다. 좀 만져라도 볼라치면 언니는 내 손을 탁 때려 버렸다.

　"어때, 이쁘지? 경옥이 넌 이런 것 처음 보지? 이거, 모두 선물 받은 거다."

　끈으로 아슬아슬하게 꿰매 놓은 저런 팬티 따위를 선물하는 치˙도 우습지만 그것을 자랑하는 언니는 더욱 밉상이어서 그럴 때면 속도 모르는 김 반장이 불쌍해지기도 하였다.

여념(餘念)　어떤 일에 대하여 생각하고 있는 것 이외의 다른 생각.
거지발싸개　몹시 더럽고 추하며 보잘것없는 물건이나 사람을 낮잡아 이르는 말.
요사무사하다　문맥상 '요상하다', '이상하다'의 의미이다.
달뜨다　마음이 가라앉지 아니하고 조금 흥분되다.
치　'사람'을 낮잡아 이르는 말.

몽달 씨가 있음으로 인하여 김 반장의 주가가 더 올라가는※ 점도 있었다. 나야 어린애니까 형제 슈퍼의 비치파라솔 아래서 어슬렁거려도 흉볼 사람은 없지만 동갑내기인 몽달 씨가 하는 일도 없이 가게 근처를 빙빙 돌면서 어떨 때는 나와 같이 쭈쭈바나 쪽쪽 빨고 있으면 오가는 동네 어른들마다 혀를 끌끌 찼다.

"대학 다닐 때까진 저러지 않았대요. 저도 잘은 모르지만 학교에서 잘렸대나 봐요. 뭐 뻔하죠. 요새 대학생들 짓거린.※ 그리곤 곧장 군대에 갔는데 제대하고부턴 사람이 저리 됐어요. 언제나 중얼중얼 시를 외운다는데 확 미쳐 버린 것도 아니고, 아주 죽겠어요."

몽달 씨 새어머니 되는 이가 김 반장에게 하소연하는 소리였다. 형제 슈퍼 단골인 그녀는 '아주 죽겠어요'가 입버릇이었다.

"내 체면을 봐서라도 옷이나 좀 깨끗이 입고 나다니면 좋으련만, 아주 죽겠어요."

말이 났으니 말이지 그 옷차림은 형제 슈퍼의 심부름꾼 복장으로 딱 걸맞았다. 종일 의자에서 빈둥거리기도 지겨운지라 우리는 곧잘 가게 일도 마다 않고 거들었었다. 우리 둘이서 기껏 머리를 짜내어 하는 일이란 게 고무호스로 가게 앞에 물을 뿌려 주는 정도였다. 포장이 덜 된 가게 앞길의 먼지 제거를 위해서

※ 주가가 더 올라가는: 인기가 많아지는. 가치를 더 인정받는.
※ 요새 대학생들 짓거린: 1980년대에 독재에 저항하는 대학생들의 시위가 많았다는 점을 고려하면, '대학생들 짓거리'란 '시위'를 의미한다고 볼 수 있다.

나 여름 땡볕을 좀 무디게 하는 방법으로는 그 이상도 없어서 김 반장도 우리의 일을 기꺼이 바라봐 주고 일이 끝나면 기분이란 듯 요구르트 한 개씩을 던져 주기도 하였다.

그러다 차츰차츰 몽달 씨 몫의 일이 하나둘 늘어 갔는데 가게 앞 청소나 빈 박스를 지하실 창고에 쟁이는* 일 혹은 막걸리 손님 심부름 따위가 그것으로, 몽달 씨가 거드는 일이 많으면 많을수록 김 반장은 더욱 의젓해지고 몽달 씨는 자꾸 초라하게 비추어지는 게 나에겐 참으로 이상한 일이었다. 김 반장도 그걸 모르지는 않았을 것이다. 그래서 언젠가는 아주 정색을 하고서 몽달 씨 어깨를 꽉 껴안더니 이렇게 말하기도 하였다.

"자네 같은 시인에게 이런 일만 시키려니 미안하이. 자네는 확실히 시인은 시인이야. 언제 바쁘지 않을 때는 정말이지 자네 시를 찬찬히 읽어 봄세. 이래 뵈도 학교 다닐 때 위문편지는 내가 도맡아 써 주곤 했던 실력이니까."

그러면 몽달 씨는 더욱 신이 나서 생선 잘라 주는 통나무 도마까지 깔끔히 씻어 내고 널브러져 있는 채소들을 다듬고 하면서 분주히 설치는 것이었다. 하지만 이제껏 몽달 씨의 시 노트를 읽어 본 적이 없는 김 반장이었다. 몽달 씨가 짐짓* 아직 자기 시는 읽을 만하지 못하니 유명한 시인들의 시나 읽어 보지 않겠

쟁이다 재다. 물건을 차곡차곡 포개어 쌓아 두다.
짐짓 마음으로는 그렇지 않으나 일부러 그렇게.

느냐고 구깃구깃 접은 종이를 꺼낼라치면 김 반장은 온갖 핑계를 다 대서라도 줄행랑*을 치면서 그가 보지 않는 틈을 타 머리 위에 대고 손가락으로 빙글, 동그라미를 그려 보였다. 그것도 모르고 몽달 씨는 언제라도 김 반장에게 들려줄 수 있도록 꼬깃꼬깃한 종이쪽지들을 호주머니마다 가득 넣어 가지고 다녔다. 그때쯤엔 나도 몽달 씨의 시적 대화에는 질려 있어서 덩달아 자리를 피했고 김 반장을 따라 머리 위에 손가락으로 동그라미를 그려 댔다. 약간, 아니 혹시는 아주 많이 돈 원미동 시인은 그래도 여전히 형제 슈퍼의 심부름꾼 꼬마처럼 다소곳이 잔심부름을 도맡아 가지고 있었다.

분명히 말하지만 보름 전쯤 그 사건이 일어날 때까지만 해도 나는 김 반장이 내 셋째 형부가 되어 주길 은근히 바라고 있었다. 농사짓는 큰 형부는 워낙이 나이가 많아 늙은 아버지 같아서 싫었고 둘째 언니야 아직 공식적으로는 처녀니까 별 볼 일 없는 데다 형부다운 형부는 선옥이 언니가 결혼해야 생길 터이니 기왕이면 김 반장 같은 남자가 형부가 되길 바란 것이었다. 하기야 넷째 언니도 시방* 같은 공장에 다니는 사내와 눈이 맞아서 부쩍 세수하는 시간이 길어지긴 했지만 그래 봤자 앞차가 두 대나 밀려 있으니 어림도 없었다. 선옥이 언니와 김 반장이 결

줄행랑(-行廊) '도망'을 속되게 이르는 말.
시방(時方) 지금. 말하는 바로 이때.

혼하면 누가 뭐래도 나는 형제 슈퍼에 진득이 붙어 있을 수 있는 자격을 갖게 되는 셈이었다. 기분이 내키면 삼백 원짜리 빵빠레를 먹은들 어떠하랴. 오밀조밀 늘어놓은 온갖 과자와 초콜릿과 사탕이 모두 내 손아귀에 있다, 라고 생각하면 어쩔 수 없이 나는 흐물흐물 기분이 좋아졌다.

그런데 정확히 열나흘 전의 그 일로 인하여 나는 김 반장과 형제 슈퍼의 잡다한 군것질감을 한꺼번에 포기하였다. 모르긴 몰라도 이런 나의 처사˙는 백번 옳을 것이었다. 그 사건의 처음과 끝을 빠짐없이 지켜본 유일한 목격자는 나 하나뿐이었지만 그렇다고 내가 본 것을 누군가에게도 늘어놓지는 않았다. 웬일인지 그 일에 관해서는 입도 뻥긋하기 싫었다. 그런 채로 나 혼자서만 김 반장을 형붓감에서 제외시켜 버렸던 것이다. 또 하나, 아주 용기를 필요로 하는 일이었지만 그날 이후로는 김 반장이 내 엉덩이를 철썩 두들기며 어이, 우리 경옥이 처제 어쩌구 할 때는 단호하게 그를 뿌리치고 도망 나와 버리곤 하였다. 물론 그가 내미는 쭈쭈바도 받아먹지 않았다.

그 사건은 초여름 밤 열 시가 넘어서 일어났다. 그날은 낮부터 티격태격해 대던 엄마와 아버지와의 말싸움이 저녁에 이르러서는 본격적으로 시작되었었다. 넷째 언니는 야간 조업˙이 있

처사(處事) 일을 처리함. 또는 그런 처리.
조업(操業) 기계 따위를 움직여 일을 함.

다고 늘상 열두 시가 다 되어야 돌아오는 처지라 만만한 나만 엄마의 분풀이 대상이 되어서 낮부터 적잖이 욕설도 들어 먹었던 차였다. 싸우는 이유도 뭐 그리 대단한 게 아니었다. 아버지가 쓰레기 속에서 주워 온 십팔금 목걸이를 맥주 네 병으로 맞바꾸어 간단히 목을 축이고 돌아왔노라는 말을 내뱉은 뒤부터 엄마의 잔소리가 시작된 게 원인이었다. 새삼 길게 이야기할 것도 없고 요지는 맥주 네 병으로 홀랑 마셔 버리느니 지 여편네 목에 걸어 주면 무슨 동티˚가 날까 봐 그랬느냐는 아우성이었다. 엄마가 지금 손가락에 끼고 있는, 약간 색이 변한 십팔금 반지도 아버지가 주워 온 것인데 짜장˚ 목걸이까지 세트로 갖출 뻔한 기회를 놓쳐서 엄마는 단단히 약이 올랐다. 그러던 말싸움이 저녁에 가서는 기어이 험악한 욕설과 아버지의 손찌검으로 이어지길래 나는 언제나처럼 슬그머니 집을 빠져나와 비어 있는 형제 슈퍼의 노천˚ 의자에 앉아 있었다. 가끔씩 있는 일로서 머지않아 아버지는 엄마를 케이오로 때려 눕힌 뒤 코를 골며 잠들어 버릴 것이었다. 그 다음엔 눈물 콧물 다 짜낸 엄마가 발을 질질 끌며 거리로 나와 경옥아!를 목청껏 부를 판이었다. 그때나 되어 못 이기는 척 들어가 잠자리에 누워 버리면 내일 아침의 새

동티 건드려서는 안 될 것을 공연히 건드려서 스스로 걱정이나 해를 입음. 또는 그 걱정이나 피해를 비유적으로 이르는 말.
짜장 과연 정말로. 말 그대로 틀림없이.
노천(露天) 사방, 상하를 덮거나 가리지 않은 곳. 곧 집채의 바깥을 이름.

원미동 시인

날이 올 것이 분명하였다.

집에서 나온 것이 아홉 시쯤, 그래서 김 반장도 가겟방에 놓은 흑백텔레비전으로 저녁 뉴스를 시청하느라고 내가 나온 것도 모르고 있었다. 장가들면 색시가 컬러텔레비전을 해 올 것이므로 굳이 바꿀 필요 없다고 고물 텔레비전으로 견디어 내는 김 반장의 등허리를 흘낏 쳐다보고 나는 신발까지 벗고 의자 위에 냉큼 올라앉았다. 잠이 오면 탁자에 엎드려 한숨 졸고 있어 볼 생각으로 나는 가물가물 감기는 눈을 비비며 이리저리 몸을 뒤척이고 있었다. 거리는 그날따라 유난히 한산했고˚ 지물포˚나 사진관도 일찌감치 아크릴˚ 간판에 불을 꺼 둔 채였다. 우리 정육점은 휴일인지 셔터˚까지 내려져 있었다. 그 옆의 서울 미용실은 경자 언니가 출퇴근을 하기 때문에 아홉 시만 되면 어김없이 불이 꺼진 채였다. 형제 슈퍼에서 공단 쪽으로 난 길은 공터가 드문드문 박혀 있어서 원래 칠흑같이 어두웠다. 한 블록쯤 가야 세탁소가 내비치는 불빛이 쬐끔 새어 나올 뿐이고 포장도 안 된 울퉁불퉁한 소방 도로 옆으로는 자갈이며 벽돌 따위가 쌓여 있었다.

바로 그때 공단 쪽으로 가는 어두운 길에서 뭔가 비명 소리도

한산하다(閑散 --) 인적이 드물어 한적하고 쓸쓸하다.
지물포(紙物鋪) 온갖 종이를 파는 가게.
아크릴 합성수지의 일종인 '아크릴산 수지'의 준말. 항공기나 자동차의 유리, 건축 재료 따위에 씀.
셔터(shutter) 폭이 좁은 철판을 발[簾] 모양으로 연결하여 감아올리거나 내릴 수 있도록 한 문. 주로 방범을 목적으로 하여 출입구나 창문에 설치한다.

같고 욕지기를 참는 안간힘 같기도 한 소리가 들려왔다. 아니, 그때 나는 비몽사몽 졸음 속에서 헤매고 있었기 때문에 정확하게 어떤 소리를 들은 것은 아니었다. 이제 생각하면 그 순간에는 분명 잠에 흠뻑 취해 있었음이 분명했다. 그럼에도 불구하고 그 소리를 들었던 것처럼 생각된 것은 꿈속에까지 쫓아와 악다구니를 벌이고 있는 엄마와 아버지의 모습을 보고 있었던 탓인지도 몰랐다. 하여간 허공을 가르는 비명 소리가 꿈속이었거나 생시였거나 간에 들려왔던 것은 사실이었다. 움찔 놀라며 눈을 떴을 때는 이미 누군가가 어둠을 뚫고 뛰쳐나와 필사적으로 가게를 향해 덮쳐 오는 중이었다. 그리고 그 뒤엔 덫에서 뛰쳐나온 노루 새끼를 붙잡으러 온 것이 확실한 젊은 사내 둘이 가쁜 숨을 몰아쉬며 쫓아오고 있었다.

공교롭게도 나는 불빛에서 약간 비켜난 쪽의 의자에 앉아 있었기 때문에 그들의 눈에 띄지 않았다. 더욱 공교로웠던 것은 마침 가게 주변엔 아무도 없었다는 사실이었다. 때에 따라서는 비치파라솔 밑의 이 의자로는 턱도 없이 모자랄 만큼의 사람들이 와자하게 모여 막걸리 타령을 벌이는 경우가 종종 있었다. 대개는 일을 끝내고 돌아가는 공사장의 인부들이었다. 그 사람

욕지기 토할 듯 메스꺼운 느낌.
비몽사몽(非夢似夢) 완전히 잠이 들지도 잠에서 깨어나지도 않은 어렴풋한 상태.
공교롭다(工巧--) 생각하지 않았거나 뜻하지 않았던 사실이나 사건과 우연히 마주치게 된 것이 기이하다고 할 만하다.

들이 아니더라도 동네 사람 몇몇이 자주 이 의자에 앉아 밤바람을 쐬기도 했는데 그날은 아무도 없었다. 갑작스런 사태에 놀라 어리둥절하는 사이 도망자는 곧장 가게 안으로 들어가 버렸고 뒤쫓아 온 사람 중의 하나는 가게 앞에, 또 하나는 마악 가게 속으로 들어가는 중이어서 나는 그들의 모습을 비교적 자세히 볼 수 있었다.

"야, 이 새꺄! 이리 못 나와!"

가게 안으로 쫓아 들어가면서 소리치고 있는 사내는 빨간색의 소매 없는 러닝셔츠를 입고 있어서 땀에 번들거리는 어깻죽지가 엄청 우람하게 보였다.

"깽판 치기 전에 빨리 나오란 말야!"

가게 앞에 서서, 씩씩 가쁜 숨을 몰아쉬며 이마의 땀을 훔치고 있는 사내는 두 개의 웃저고리를 한 손에 거머쥐고 있었다. 그도 당연히 러닝셔츠 바람이었지만 소매도 달린, 점잖은 흰색이었으므로 빨간 셔츠에 비해 훨씬 온순하게 보여졌다.

도대체 무슨 일일까. 호기심을 이기지 못한 나는 가게 옆구리의 샛문을 통해 안을 들여다보았다. 그새 사내의 발길에 차여 버린 도망자가 바닥에 엎어져 있었고 김 반장이 만약을 위해 사내 주변의 맥주 박스를 방 안으로 져 나르면서 뭐라고 소리치고

깽판 일을 훼방하거나 망치는 짓을 속되게 이르는 말.
✱ 김 반장이 만약을 위해 사내 주변의 맥주 박스를 방 안으로 져 나르면서 김 반장은 사내와 도망자 간의 몸싸움으로 인해 맥주병이 깨질까 봐 맥주 박스를 방 안으로 옮기고 있다.

있었다.

"김 형, 김 형…… 도와주세요."

쓰러진 남자의 입에서 이런 말이 가느다랗게 흘러나온 것은 그 순간이었다. 그와 동시에 빨간 셔츠의 사내가 다시 쓰러진 자의 등허리를 발로 꽉 찍어 눌렀다.

"이 새끼, 아는 사이요? 그러면 당신도 한번 맛 좀 볼 텐가?"

맥주병을 거꾸로 처들고 빨간 셔츠가 소리 질렀다. 김 반장의 얼굴이 대번에 하얗게 질려 버렸다.

"무, 무슨 소리요? 난 몰라요! 상관없는 일에 말려들고 싶지 않으니까 나가서들 하시오."

그때 바닥에 쓰러져 버둥거리던 남자가 간신히 몸을 비틀고 일어섰다. 코피로 범벅이 된 얼굴이 슬쩍 드러나 보였는데 세상에, 그는 몽달 씨임이 분명하였다. 그러고 보니 빛바랜 바지와 물들인 군용 점퍼 밑에 노상 껴입고 다니던 우중충한 남방셔츠가 틀림없는 몽달 씨였다. 아까는 워낙 눈 깜짝할 사이에 가게 안으로 뛰어들었기 때문에 얼굴을 볼 겨를이 없었다.

"이 짜식, 왜 남의 집으로 토끼는 ˙거야! 너 같은 놈은 좀 맞아야 돼."

흰 이를 드러내며 빨간 셔츠가 으르렁거렸다. 순간 몽달 씨가 텔레비전이 왕왕거리고 있는 가겟방을 향해 튀었다. 방은 따로

토끼다 '도망가다'를 속되게 이르는 말.

이 바깥쪽으로 난 출입구가 있었기 때문이었다. 그러나 몽달 씨보다 더 빠른 동작으로 방문을 가로막아 버린 사람이 있었다. 바로 김 반장이었다.

"나가요! 어서들 나가요! 싸우든가 말든가 장사 망치지 말고 어서 나가요!"

빨간 셔츠가 몽달 씨의 목덜미를 확 낚아챘다. 개처럼 질질 끌려 나오는 몽달 씨를 보더니 밖에 있던 흰 러닝셔츠가 찌익, 이빨 새로 침을 뱉어 냈다. 두 사람 다 술기운이 벌겋게 오른, 번들거리는 눈자위가 징그러웠다. 나는 재빨리 불빛이 닿지 않는 구석으로 몸을 피했다. 무섭고 또 무서웠다. 저렇게 질질 끌려가는 몽달 씨를 위해서 내가 해야 할 일이 무엇인지 알 수가 없었다. 도무지 가슴이 떨려 숨도 크게 쉬지 못할 지경이었는데도 김 반장은 어질러진 가게를 치우면서 밖은 내다보지도 않았다.

두 명의 사내 중에서도 빨간 셔츠가 훨씬 악독한 게 사실이었다. 녀석은 몽달 씨의 머리칼을 한 움큼 휘어 감고서 마치 짐짝을 부리듯이 몽달 씨를 다루고 있었다. 끌려가지 않으려고 버둥거리다가는 사내의 구둣발에 사정없이 정강이며 옆구리가 뭉개어졌다. 지나가던 행인 몇 사람이 공포에 질린 얼굴로 그들을 지켜보았다. **구경꾼들**이 보이자 빨간 셔츠가 당당하게 외쳐 댔다.

정강이 무릎 아래에서 앞 뼈가 있는 부분.

"이 새끼, 너 같은 놈은 여지없이 경찰서로 넘겨야 해. 빨리 와!"

불 켜진 강남 부동산 앞에서 몽달 씨가 최후의 발악을 벌여 놈의 손아귀에서 빠져나왔다. 그러나 이내 녀석에게 머리칼을 붙잡히면서 부동산 옆의 시멘트 기둥에 된통 머리를 받혔다. 쿵. 몽달 씨의 머리통이 깨져 나가는 듯한 소리에 나는 눈을 감아 버렸다. 숨이 막힐 것만 같았다. 행복 사진관과 원미 지물포만 지나고 나면 또다시 불빛도 없는 공터가 나올 것이므로 몽달 씨를 구해 낼 시기는 지금밖에 없다. 몽달 씨가 악착같이 불 켜진 가게 쪽으로만 몸을 이끌어 갔기 때문에 길 이쪽은 텅 비어 있었다. 몇몇 사람들이 있기는 하였지만 그들은 섣불리 끼어들지 않고서 당하는 몽달 씨의 처참한 꼴에 혀만 끌끌 차고 있었다.

"빨리 가, 이 자식아! 경찰서로 가잔 말야!"

빨간 셔츠가 움켜쥔 머리칼을 확 낚아채면 몽달 씨는 시멘트 바닥에서 몸을 가누지 못해 정말 개처럼 두 손을 바닥에 짚고 끌려갔다.

"왜 이러세요……. 내게 무슨 잘못이…… 있다고……."

행복 사진관의 밝은 불빛 앞에서 몽달 씨가 울부짖으며 사내에게 잡힌 머리통을 흔들어 대다가 녀석의 구둣발에 면상을 짓밟히기 시작하였다. 마침내 나는 내달리기 시작하였다. 두 주먹

면상(面上) 얼굴.

을 불끈 쥐고 녀석들 곁을 바람같이 스쳐 나는 원미 지물포로 뛰어들었다. 가게는 텅 비워 둔 채 지물포 주씨 아저씨는 아랫목에 길게 누워 텔레비전을 보느라 바깥의 소동은 까맣게 모르고 있었다.

"깡패가, 깡패가 몽달 씨를 죽여요."

주씨 아저씨는 그 우람한 체구에 비하면 말귀를 빨리 알아듣는 사람이었다. 벼락같이 튀어나와 마침 자기 가게 앞을 끌려가고 있는 몽달 씨의 꼴을 보고는 냅다 소리를 질렀다.

"죄가 있으모 경찰을 부를 일이제 무신 일로 사람을 이리 패노? 보소! 형씨, 그 손 못 놓나?"

투박한 경상도 말이 거침없이 쏟아져 나오자 녀석도 약간 주춤했다.

"아저씨는 상관 마쇼! 이런 놈은 경찰서로 끌고 가야 된다구요."

"누가 뭐라 카노. 야! 빨리 경찰에 신고해라. 당신네들이 사람 뚜드려 가며 경찰서까지 갈 것 없다. 일 분 안에 오토바이 올 테니까."

"이 아저씨가……. 이 새끼, 아는 사람이오?"

"잘 아는 사람이니 이카제. 이 착한 청년이 무신 죄를 졌다꼬 이래 반 죽여 놨노? 무신 일이라?"

이카제 '이렇게 하지'의 사투리.

그제야 빨간 셔츠가 슬그머니 움켜쥔 머리칼을 놓았다. 몽달 씨가 비틀거리며 주씨 곁으로 도망쳤다.

"아무 잘못도…… 없어요……. 지나가는 사람 잡아 놓고…… 느닷없이 때리는데."

더듬더듬, 입 안에 괴어 있는 피를 뱉어 내며 간신히 이어 가는 몽달 씨의 말을 듣노라고 주씨가 잠시 한눈을 판 것이 잘못이었다. 멀찌감치 서서 구경을 하고 있던 사람들 중에서 누군가가 소리쳤다.

"어어, 저 봐요. 저 사람들 도망쳐요!"

정말 눈 깜짝할 사이였다. 벌써 공단 쪽 길로 튕겨 가는 모양으로 발자국 소리만 어지럽고 녀석들은 어둠 속에 파묻혀 버린 뒤였다.

"빨리 가서 잡아야지 저런 놈들 그냥 두면 안 돼요!"

언제 왔는지 김 반장이 발을 구르며 흥분하고 있었다. 금방이라도 잡으러 갈 듯 몸을 솟구치는 꼴이 가관이었다.

"소용없어. 저놈들이 어떤 놈이라고."

"세상에, 경찰서로 가자고 그리 당당하게 굴더니 도망치는 것 좀 봐."

"그러니까 그냥 닥치는 대로 골라잡아 팬 거군. 우린 그것도 모르고 정말 도둑이나 되는 줄 알았지 뭐야!"

가관(可觀) 꼴이 볼 만하다는 뜻으로, 남의 언행이나 어떤 상태를 비웃는 뜻으로 이르는 말.

"여기는 가게들이 많아 환하니까 어두운 곳으로 끌고 가서 작신˙ 패려고 수작˙을 벌였군."

"그래요. 아까 보니까 저 윗길에서 이 총각이 그냥 지나가는데 불러 놓고 시비더라구요. 아휴, 저 총각 너무 많이 맞았어. 죽지 않는 게 다행이야."

"그럼 진작에 말하지 그랬어요?"

"누가 이 지경인 줄 알았수? 약국에 가는 길에 그 난리길래 무서워서 저쪽으로 돌아갔다가 약 사 갖고 와 보니 경찰서 가자고 여태도 패고 있던걸."

모여 섰던 사람들이 저마다 한마디씩 떠들어 대기 시작했다. 조금 아까까지도 텅 비어 있다시피 한 거리였는데 언제 알았는지 이 집 저 집에서 쏟아져 나온 사람들이 웅성거리며 피투성이가 된 몽달 씨를 기웃거렸다. 참말이지 쥐어뜯긴 머리칼하며 길바닥을 쓸고 온 옷 꼬락서니, 그리고 피범벅이 된 얼굴까지가 영락없이 몽달귀신 그대로였다.

"무신 놈의 세상이 이리 험악하노. 이래 가꼬는 사람이라 할 수 있겠나?"

주씨가 어이없어 하는데 또 김 반장이 냉큼 뛰어들었다.

"그러게 말입니다. 하여간 저놈들을 잡아 넘겼어야 하는 건데

작신 작씬. '실컷'의 사투리.
수작(酬酌) 남의 말이나 행동, 계획을 낮잡아 이르는 말.

……. 좀 어때? 대체 이게 무슨 꼴인가. 어서 집으로 가세. 내가 데려다 줄게."

김 반장이 몽달 씨를 부축해 일으켰다. 세상에 밸도 없지, 그 손을 뿌리치지 못하고 몽달 씨는 김 반장의 부축을 받으며 집으로 갔다.

몽달 씨를 다시 보게 된 것은 그로부터 꼭 열흘이 지난 며칠 전이었다. 그 열흘간을 어떻게 보냈는지는 설명하기도 귀찮을 정도였다. 몽달 씨와 더불어 다닐 때는 몰랐지만 막상 그가 없으니 심심해서 미칠 지경이었다. 하루가 꼭 마흔 시간쯤으로 늘어난 느낌이었다. 때때로는 형제 슈퍼의 의자에 앉아 있은 적도 있었지만 이미 김 반장과는 서먹한 사이가 되어 버려서 그다지 자주 찾지는 않았다. 그날 밤, 내가 몰래 가게 안을 훔쳐보고 있은 줄을 모르는 김 반장만큼은 예전과 다름없이 굴고 있기는 하였다.

"경옥이 처제. 요새는 왜 뜸해? 선옥이 언니 서울서 오거든 직방으로 내게 알리는 것 잊지 마라. 그러면 내가 이것 주지!"

김 반장이 처들어 보이는 것은 으레 요깡이었다. 껍질에는 영양갱이라고 씌어 있는 이백 원짜리 팥떡인데, 그것을 죽자사자 먹고 싶어 하는 것을 아는 까닭이었다. 그러나 홍, 어림도 없지.

밸 '배알'의 준말. '속마음' 또는 '배짱'을 낮잡아 이르는 말.
서먹하다 낯이 설거나 친하지 않아 어색하다.
직방(直方) 곧바로.
요깡 '양갱'의 일본식 표현. 팥 앙금, 설탕, 우무나 엿 따위를 함께 쑤어서 굳힌 과자.

선옥이 언니가 오게 되면 김 반장의 비겁한 행동을 미주알고주알* 일러바쳐서 행여 남아 있을지도 모를 미련까지도 아예 싹둑 끊어 버리게 하자는 것이 내 속셈이었다. 어찌 된 셈인지 선옥이 언니는 한 달 가까이 집에는 코빼기도 내비치지 않고 있었다. 얼마 전에 서울에 다녀온 엄마 말로는 양품점*이 한 달에 두 번 노는데도 집에는 올 생각 않고 온종일 쏘다니다 밤늦게서야 기어들어 온다는 것이었다. 게다가 이모가 받아 본 전화 속의 남자들만도 서넛이 넘어서 양품점 전화통이 종일토록 불 나게 울려 대는 바람에 지깐 년은 저한테 걸려 오는 전화 받기에도 바쁜 형편이라 했다. 엄마를 쏙 빼닮아 말뽄새*가 거칠기 짝이 없는 이모가 보나마나 바가지로 퍼부었을 선옥이 언니의 흉 보따리를 잔뜩 짊어지고 온 엄마의 마지막 결론은 갈데없이 원미동 똑똑이다웠다.

 "선옥이 고년, 이왕지사* 바람 든 년이니까 차라리 탤런트나 영화배우를 시키는 게 낫겠습디다. 말이사 바른 말이지 인물이야 요즘 헌다 하는 장미희보다 낫지······."

 "미쳤군, 미쳤어. 탤런트는 누가 거저 시켜 주남. 뜨신 밥 먹고 식은 소리 작작 해!"

미주알고주알 아주 사소한 일까지 속속들이.
양품점(洋品店) 서양식으로 만든 물품, 특히 의류나 장신구 따위의 잡화를 전문적으로 파는 가게.
말뽄새 말본새. 말하는 태도나 모양새.
이왕지사(已往之事) 이미 지나간 일.

그렇게 몰아붙이면서도 아버지는 으레 흐흐흐 웃고 마는 게 에사였다. 딸 많은 집구석에 인물 팔아 돈 버는 딸년 하나쯤 생긴다 해서 나쁠 것도 없다는 웃음이 분명했다.

"서울 사람들은 눈도 밝지. 선옥이가 명동으로 나갔다 하면 영화배우 해 보라고 줄줄이 따라다닌답니다. 인물 좋은 것도 딱 귀찮다고 고년이 어찌 성가셔서 하는지……."

엄마도 참, 입술에 침도 안 바르고 고흥댁 아줌마한테 이렇게 주워섬기는˙ 때도 있었다. 그러면 여태도 동아 언니 콧대가 하늘 높은 줄 모르고 솟아 있다고만 믿는 고흥댁 아주머니도 지지 않고 딸 자랑을 쏟아 놓았다.

"우리 동아는 요새 피아노도 배우고 꽃꽂이 학원도 다닌다고 맨날 바쁘다요. 시방 세상은 그 정도의 신부 수업인가 뭔가가 아주 필수라 한다드만."

엄마도 엄마지만 고흥댁 아주머니 말은 듣기에 거북하였다. 대신 설비 노가다 청년한테 시집가면 피아노는커녕, 호박꽃 한 송이 꽂을 일도 없을 것이니까. 어른들은 알고 보면 하나밖에 모르는 멍텅구리 같을 때가 종종 있는 법이다. 그 사건 이후, 김 반장에 대한 이야기만 해도 그렇다.

"김 반장 그 사람 참말이제 진국˙은 진국인 기라. 엊그제만 해

주워섬기다 들은 대로 본 대로 이런저런 말을 아무렇게나 늘어놓다.
진국(眞 -) 거짓이 없이 참된 것. 또는 그런 사람.

도 복숭아 깡통 하나 들고 몽달 청년한테 갔능갑드라. 걱정도 억시기* 해쌌고, 우찌 됐건 미친놈한테 그만큼 정성 들이는 것만 봐도 보통은 아닌 기 맞다."

지물포 주씨가 행복 사진관 엄씨한테 하는 말이었다. 세 살 많다 하여 어김없이 형님으로 받드는 엄씨가 고개를 끄덕이며 맞장구치는 것을 보고 있으면 내 속이 터질 것만 같았다. 그렇지만 이상하게도 그 밤의 일을 속 시원히 털어놓을 수가 없었다. 그리고 보면 이 김경옥이야말로 진국 중에 진국인지도 모른다.

몽달 씨가 자리 털고 일어난✽ 이야기를 하려다가 또 다른 쪽으로 새 버렸지만 몽달 씨야말로 진짜 이상한 사람이었다. 오후반인 소라가 등교 준비를 해야 한다고 서둘러 저희 집으로 가 버린 때니까 정오가 조금 지나서였을 것이다. 집으로 가다 말고 문득 형제 슈퍼 쪽을 돌아보니 음료수 박스들을 차곡차곡 쟁여 놓는 일에 땀을 뻘뻘 흘리고 있는 몽달 씨가 보였다. 실컷 두들겨 맞고 열흘간이나 누워 있었던 사람이라 안색이 차마 마주 보기 어려울 만큼 핼쑥했다. 그런데도 뭐가 좋은지 히죽히죽 웃어가면서 열심히 박스들을 나르고 있는 게 아닌가. 그것도 김 반장네 가게에서. 아무리 눈을 크게 뜨고 보아도 몽달 씨가 분명했다. 저럴 수가. 어쨌든 제정신이 아닌 작자임이 틀림없었다.

---

* 억시기 억시. '매우'의 경상도 사투리.
✽ 자리 털고 일어난 (아파서 누워 있던 사람이) 일어나서 활동한.

아무리 정신이 좀 헷갈린 사람이라도 그렇지, 그날 밤의 김 반장 행동을 깡그리 잊어버리지 않고서야 저럴 수가 없다는 게 내 생각이었다.

잊었을까. 그날 밤 머리의 어딘가를 세게 다쳐서 김 반장이 자기를 내쫓은 부분만큼만 감쪽같이 지워진 것은 아닐까. 전혀 엉뚱한 이야기만도 아니었다. 텔레비전에서도 보면 기억상실증인가 뭔가로 자기 아들도 못 알아보는 연속극이 있었다. 그런 쪽의 상상이라면 나를 따라올 만한 아이가 없는 형편이었다. 내 머릿속은 기기괴괴한 온갖 상상들로 늘 모래주머니처럼 빽빽했으니까. 나는 청소부 아버지의 딸이 아니라 사실은 어느 부잣집의 버려진 딸이다, 라는 식의 유치한 상상은 작년도 못 되어 이미 졸업했었다. 요즘의 내 상상이란 외계인 아버지와 지구인 엄마와의 사랑, 뭐 그런 쪽의 의젓한 것이었다. 아무튼 나의 기막힌 상상력으로 인해 몽달 씨는 부분적인 기억상실증 환자로 결정되었다. 그렇다면 이제는 확인할 일만 남은 셈이었다. 오래 기다릴 필요도 없었다. 나는 김 반장네 가게 일을 거들어 주고 난 뒤 비치파라솔 밑의 의자에 앉아 뭔가를 읽고 있는 몽달 씨에게로 갔다. 보나마나 주머니 속에 잔뜩 들어 있는 종잇조각 중의 하나일 것이었다. 멀쩡한 정신도 아닌 주제에 이번엔 기억상실증이란 병까지 얻어 놓고도 여태 시 따위나 읽고 있는 몽달 씨 꼴이 한심했다.

"이거, 또 시예요?"

"그래. 슬픈 시야. 아주 슬픈……."

몽달 씨가 핼쑥한 얼굴을 쳐들며 행복하게 웃었다. 슬픈 시라고 해 놓고선 웃다니. 나는 이맛살을 찡그리며 몽달 씨 옆에 앉았다. 그리고 아주 낮은 목소리로 물었다.

"이제 다 나았어요?"

"응. 시를 읽으면서 누워 있었더니 금방 나았지."

금방은 무슨 금방. 열흘이나 되었는데. 또 한번 나는 몽달 씨의 형편없는 정신 상태에 실망했다.

"그날 밤에 난 여기에 앉아서 다 봤어요."

"무얼?"

"김 반장이 아저씨를 쫓아내는 것……."

순간 몽달 씨가 정색을 하고 내 얼굴을 쳐다보았다. 예전의 그 풀려 있던 눈동자가 아니었다. 까맣고 반짝이는 눈이었다. 그러나 잠깐이었다. 다시는 내 얼굴을 보지 않을 작정인지 괜스레 팔뚝에 엉겨 붙은 상처 딱지를 떼어 내려고 애쓰는 척했다. 나는 더욱 바싹 다가앉았다.

"김 반장은 나쁜 사람이야. 그렇지요?"

몽달 씨가 팔뚝을 탁 치면서 "아니야."라고 응수했는데도 나는 계속 다그쳤다.

"그렇지요? 맞죠?"

그래도 몽달 씨는 못 들은 척 팔뚝만 문지르고 있었다. 바보같이. 기억상실도 아니면서……. 나는 자꾸만 약이 올라 견딜 수 없는데도 몽달 씨는 마냥 딴전만 피우고 있었다.

"슬픈 시가 있어. 들어 볼래?"

치, 누가 그따위 시를 듣고 싶어 할 줄 알고. 내가 입술을 비죽 내밀거나 말거나 몽달 씨는 기어이 시를 읊고 있었다. ……마른 가지로 자기 몸과 마음에 바람을 들이는 저 은사시나무는, 박해받는 순교자 같다. 그러나 다시 보면 저 은사시나무는 박해받고 싶어 하는 순교자 같다…….

"너 글씨 알지? 자, 이것 가져. 나는 다 외었으니까."

몽달 씨가 구깃구깃한 종이쪽지를 내게로 내밀었다. 아주 슬픈 시라고 말하면서. 시는 전혀 슬픈 것 같지 않았는데도 난 자꾸만 눈물이 나려 하였다. 바보같이, 다 알고 있었으면서……바보 같은 몽달 씨…….

■「한국문학」(1986);「원미동 사람들」(문학과지성사, 1987)

박해(迫害) 못살게 굴어서 해롭게 함.
순교자(殉教者) 모든 압박과 박해를 물리치고 자기가 믿는 신앙을 지키기 위하여 목숨을 바치는 사람. 넓은 뜻으로는 주의나 사상을 위하여 죽는 경우에도 쓴다.

원미동 시인

● 등장인물 들여다보기

나(김경옥)

'나'는 세상 물정을 환히 아는 것으로 자부하는, 올해 일곱 살(실제로는 여덟 살 또는 아홉 살)의 여자아이로, 이 작품의 화자입니다.

'나'는 어머니가 출생 신고를 늦게 한 탓에 아직 초등학교에 입학하지 못해 동네 사람들을 관찰하며 무료한 시간을 보내고 있습니다. 그리고 자신이 관찰한 '어른들의 세상'을 어린아이 특유의 천진한 목소리로 우리에게 들려주고 있지요.

또래 친구들은 모두 학교나 유치원에 가서 함께 놀 사람이 없는 '나'는, 스무 살이나 많은 형제 슈퍼 김 반장, 원미동 시인 몽달 씨와 친구로 지내고 있습니다. 그러면서 몽달 씨를 둘러싸고 벌어지는 일들을 보며, 몽달 씨가 동네 사람들에게 놀림과 이용의 대상이 되는 것을 안타까워하지요. 또한 몽달 씨가 깡패들에게 폭행당하는 것을 보고도 모른 척하는 김 반장과 동네 사람들의 태도를 안 좋게 보며 비판하기도 합니다.

이렇듯 '나'는 어린아이다운 순진함을 지녔으면서 한편으로는 나이에 걸맞지 않은 조숙함으로 동네 사람들의 소시민적 삶의 모습을 날카로운 시선으로 관찰하고 있습니다. 또한 어른들의 세계에 감춰져 있는 폭력성, 속물 의식 등을 폭로하는 역할도 하고 있지요.

몽달 씨

몽달 씨는 '원미동 시인'으로 불리는 스물일곱 살의 청년으로, '나'의 친구입니다. 생활 능력이 없으며 늘 하는 일도 없이 형제 슈퍼 근처를 빙빙 돌면서 하루를 보내지요. 동네 사람들은 이런 몽달 씨를 보며 혀를 끌끌 찹니다.

몽달 씨 새어머니의 말에 따르면, 몽달 씨는 대학교에서 잘리고 군대에 갔다 온 이후부터 머리가 좀 이상해졌다고 합니다. 작품 속 시대적 배경인 1980년대는 민주화 운동이 절정을 이루던 시기였습니다. 몽달 씨의 삶을 그러한 시대 상황과 연결시켜 본다면, 그는 대학교 때 데모를 하다가 제적당했고, 그로 인해 강제로 군 입대를 했다가 제대한 후 후유증을 겪고 있음을 짐작할 수 있습니다.

몽달 씨는 형제 슈퍼 김 반장의 심부름꾼 노릇을 도맡아 하며 김 반장에게 이용을 당하기도 하고, 아무 이유 없이 깡패에게 무자비한 폭행을 당하기도 합니다. 하지만 그는 "박해받고 싶어 하는 순교자" 같은 '은사시나무'로 자신을 정의하면서 이 모든 사실을 알면서도 감내하는 모습을 보입니다.

이러한 몽달 씨는 맑고 순수한 영혼의 소유자이자, 1980년대 군사 독재 사회의 희생자를 상징하는 인물이라고 볼 수 있겠습니다.

김 반장

김 반장은 형제 슈퍼를 운영하는 스물일곱 살의 청년으로, 몽달 씨와 마찬가지로 '나'의 친구입니다. 김 반장은 몽달 씨와는 반대로 생활력이 강하고, 동네 사람들과도 사이좋게 지냅니다. 또한

'나'의 언니인 선옥을 짝사랑하여 '나'에게 알사탕이나 쭈쭈바 등의 군것질거리를 건네주며 잘해 줍니다.

하지만 그는 이기적이고 계산적이며, 폭력에 쉽게 굴복하는 면을 보이기도 합니다. 평소 몽달 씨를 마음대로 부려 먹으면서, 정작 몽달 씨가 깡패에게 폭행을 당해 도움을 청할 때는 자신에게 피해가 올까 봐 두려워 모른 척합니다. 그러다 지물포 주씨 아저씨가 나서서 몽달 씨를 구해 주자, 그제야 앞장서서 분개하는 모습을 보이죠.

김 반장은 자기보다 강한 자에게는 굴복하고 자기보다 약한 자는 이용하는, 이기적이고 위선적이며 나약한 소시민의 전형적 성격을 보이는 인물이라 할 수 있습니다.

● 작품 Q&A

"선생님, 궁금해요!"

Q 이 작품의 시간적, 공간적 배경을 설명해 주세요.

A 제목을 통해서도 알 수 있듯이 이 작품의 공간적 배경은 경기도 부천시 원미동이고, 시간적 배경은 작품이 쓰여진 시대와 같은

1980년대로 추측됩니다. 〈원미동 시인〉을 포함하여 이 책에 실린 세 편의 작품은 모두 『원미동 사람들』이라는 연작 소설집에 실려 있습니다. 『원미동 사람들』은 11편의 단편으로 이루어져 있으며, 각각의 단편들은 독립된 완결 구조를 가지면서도 서로 연결되어 있습니다. 또한 모두 공통적으로 원미동이 공간적 배경으로 설정되어 있습니다.

실제로 작가가 1981년부터 살았던 곳이기도 한 원미동은, 한국 사회에서 산업화와 근대화가 진행되면서 좀 더 나은 삶을 위해 농촌을 떠나 서울로 진입하려 했으나 경제적인 어려움으로 인해 자의든 타의든 서울의 변두리로 밀려난 사람들이 삶의 터전으로 삼았던 곳입니다. 서울 변두리에 위치한 까닭에 집값이 쌌기 때문이지요. 이곳에 살고 있는 사람들은 '나'의 아버지처럼 청소부를 업으로 하거나, 슈퍼와 사진관, 지물포 같은 자영업을 하며 살아가고 있습니다. 또한 서울에 있는 회사로 출퇴근하며, 언젠가는 서울에 내 집을 마련하리라는 꿈을 키워 가는 직장인들도 있습니다. 이들은 사소한 이해관계로 서로 갈등하고 또 화해하면서 살아가고 있습니다. 이들이 살아가고 있는 작품의 공간적 배경인 '원미동(遠美洞)', 즉 '멀고 아름다운 동네'는 지금 당장은 힘들지만 언젠가는 이루어야 할 아름다운 세상과 희망을 상징하는 이름입니다.

1980년대는 1970년대 말 박정희 대통령의 죽음으로 인해 오랫동안 지속되어 오던 군사 독재 정권이 무너졌지만 전두환, 노태우 대통령 등 군인 출신이 또다시 정권을 차지하면서 정치적으로는 억압적인 독재 체제가 유지되고, 경제적으로는 지나친 성장 위주의 정책으로 인해 빈부 격차가 더 벌어지는 등 여러 가지 사회 문제가 발생했던 시기입니다. 이에 따라 노동 운동, 빈민 운동, 학생 운동 등 여러 분야에서 체제에 저항하는 움직임이 활발하게 일어났습니다. 또 1980년대는 국가의 질서 유지라는 명분으로 폭력이 정당화되었던 시기로, 학생 운동을 하던 대학생들이 경찰서에 끌려가서 고문을 당하고, 강제로 군 입대를 하기도 했습니다. 이 작품에 몽달 씨가 국가 폭력의 희생자였음이 암시되어 있고, 또 깡패에게 이유 없이 폭행을 당하는 것은 이러한 폭력의 시대를 우회적으로 표현한 것이라 할 수 있습니다.

작가는 이런 사회적 갈등을 '원미동'이라는 평범한 사람들이 살아가는 변두리 공간을 통해 보여 줌으로써, 이토록 작은 세계에서도 폭력과 순응, 절망과 희망 같은 보편적인 이야기가 가능함을 강조하고 있습니다. 그런 점에서 '원미동'은 1980년대 한국 사회의 여러 문제를 압축해서 보여 주는 상징적인 공간이자, 어려움 속에서도 희망을 포기하지 않고 살아가던 우리네 평범한 사람들의 삶의 공간이라 할 수 있습니다.

Q 작가가 이 작품의 화자를 어린아이로 설정한 이유는 무엇일까요? 또한 그로 인해 얻을 수 있는 효과는 무엇일까요?

A 이 작품은 1인칭 관찰자 시점으로, 화자는 일곱 살의 어린 여자아이입니다. 이 작품에서 어린아이답지 않게 조숙한 '나'는 "세상 돌아가는 이치를 다 알고 있다, 라고 말하는 게 건방지다면 하다못해 집안 돌아가는 사정이나 동네 사람들의 속마음 정도는 두루

알아맞힐 수 있는 눈치만큼은 환하니까."라고 말합니다. 실제로 '나'는 선옥 언니의 허영기와 강남 부동산 아줌마 딸인 동아 언니의 사생활 등과 같은, 어른들의 감춰진 욕망을 드러내 주는 역할을 합니다. 또한 '나'는 몽달 씨와 김 반장을 관찰하고, 이들의 관계에 숨어 있는 폭력성을 감지합니다. 순진한 몽달 씨는 김 반장의 슈퍼 일을 아무런 대가 없이 돕고, 영악하고 잇속이 빠른 김 반장은 이런 어리숙한 몽달 씨를 이용합니다. 친구처럼 보이는 두 사람 사이에도 이용하고 이용당하는 이해관계가 작용하는 것입니다.

이 작품의 중심 사건인 '몽달 씨 폭행 사건'에 있어서도 몽달 씨가 폭행당하는 모습을 외면하거나 구경만 하는 동네 사람들의 모습을 '나'의 눈을 통해 보여 주고 있습니다.

즉, 작가는 어린아이의 시각을 택함으로써 변두리 소도시의 작은 마을에까지 폭력과 소외 같은 우리 사회의 문제점들이 나타나고 있음을 효과적으로 드러내고 있습니다. 어른들의 소시민적 세태는 어른들의 시각으로는 객관성을 확보할 수 없기 때문에 '어른의 세상'에 대해 비교적 객관적 위치에 있는 어린아이를 관찰자로 설정한 것입니다. 또한 일곱 살의 어린 여자아이라면 어른들의 세상은 잘 모를 거라고 지레 짐작하기 때문에 어른들은 아이 앞에서 자신의 약점이나 속마음을 경계심 없이 드러내기도 합니다. 어린아이는 순진성을 가장하여 이런 어른들의 위선을 폭로하는 역할을 하지요. 그렇기 때문에 작가는 의도적으로 어린아이의 시각을 택함으로써 한국 사회 곳곳에 숨어 있는 폭력과 소외, 소시민들의 기회주의적 속성을 효과적으로 비판할 수 있게 되는 것입니다.

Q 김 반장은 몽달 씨가 동네 깡패들에게 맞을 때 왜 모른 척하고, 심지어 가게에서 쫓아내기까지 했을까요?

A 형제 슈퍼의 김 반장은 몽달 씨와 같은 나이의 젊은이이지만 몽달 씨와는 달리 자신의 가게를 가지고 있으며, 장사 수완도 있습니다. 또한 동네 반장을 할 만큼 동네 사람들과의 친화력도 뛰어납니다. 김 반장은 어리숙한 몽달 씨에게 청소나 물품 정리 같은 잔심부름을 돈도 주지 않고 시키면서, 시를 사랑하는 몽달 씨의 정신세계를 이해하는 척합니다. 이처럼 영악하고 이해관계에 밝은 김 반장의 모습은 우리 주변에서도 흔히 볼 수 있습니다.

그런데 속으로는 이해관계를 따지면서도 겉으로는 친절하고 싹싹한 김 반장의 양면적인 모습은 몽달 씨가 동네 깡패들에게 이유 없이 맞는 날 여지없이 드러나게 됩니다. 김 반장은 몽달 씨가 맞는 것을 보면서도 모른 척하고, 장사를 망칠까 봐 가게로 도망쳐 온 몽달 씨를 내쫓기까지 합니다.

여기서 한 가지 더 살펴볼 것은 동네 사람들마저 아무도 몽달 씨를 구할 생각을 하지 않고 구경만 하고 있다는 점입니다. 동네 사람들이나 김 반장은 지물포 주씨 아저씨가 나서서 몽달 씨를 구하고 나서야 한 마디씩 아는 척하고 걱정하는 척합니다. 주변 사람이 처한 곤경을 모른 척하는 김 반장이나 동네 사람들의 모습은 자신의 안전과 편의만을 최우선으로 생각하고 이웃에 대해서는 무관심한 소시민들의 이해타산적인 사고방식을 보여 줍니다. 작가는 이러한 소시민들의 행동을 김 반장과 동네 사람들을 통해 보여 줌으로써 이들의 이중적인 태도를 비판하고 있습니다.

Q 몽달 씨는 자신이 폭행을 당했을 때 도움을 주기는커녕 자신을 외면했던 김 반장과 왜 다시 어울리는 것일까요? 동네 사람들의 말처럼 몽달 씨가 정신적으로 모자라서일까요, 아니면 김 반장을 용서해서일까요?

A 이 작품에서 몽달 씨가 '원미동 시인'이라는 별명으로 불리는 것은 '하루 종일이라도 유명한 시인들의 시를 외울 수 있'고, '외운 시구절만 가지고 몇 시간이라도 대화를 할 수 있'는 사람이기 때문입니다. 몽달 씨는 폭력의 희생자이고, 정신적으로 상처를 입은 탓에 정상적인 사회생활을 하지 못합니다. 소위 정상인의 눈으로 보면 무능력한 인물이죠. 또한 경제적인 능력도 없고, 사람들과 소통하는 법도 모릅니다. 이러한 몽달 씨가 동네에서 유일하게 관계를 맺고 있는 인물이 동갑내기 김 반장과 어린 '나'입니다.

몽달 씨가 깡패에게 폭행을 당했을 때 김 반장이 도움을 주기는커녕 그를 외면한 사실은 몽달 씨에게는 비정한 현실과 대면하는 일이었을 것입니다. 몽달 씨가 자존심도 없이 다시 김 반장의 가게에서 박스를 나르며 그를 돕는 것이나, '나'에게 시를 들려주는 것은 이러한 현실에 대응하는 몽달 씨 나름의 방식이라고 할 수 있습니다.

"마른 가지로 자기 몸과 마음에 바람을 들이는 저 은사시나무는, 박해받는 순교자 같다. 그러나 다시 보면 저 은사시나무는 박해받고 싶어 하는 순교자 같다……." 몽달 씨가 읊는 이 시는 황지우의 〈서풍 앞에서〉 전문으로, '은사시나무'는 몽달 씨 자신을 상징합니다.

그렇다면 '박해받는 순교자 같다'와 '박해받고 싶어 하는 순교자 같다'의 차이는 무엇일까요? 지금까지의 삶이 '박해받는 순교자'라면, '박해받고 싶어 하는 순교자'라는 것은 몽달 씨가 스스로 이런 세상의 폭력을 견디고, 김 반장처럼 악의는 없지만 자신을 이용하는 소시민적인 이기심조차 용서하고 받아들이겠다는 의지로 읽을 수 있습니다. 따라서 몽달 씨가 김 반장과 다시 어울리는 것은 그가 결코 정신적으로 모자라서가 아니라, 몽달 씨만의 방식으로 세상을 받아들이고 살아가는 방식이라고 볼 수 있습니다.

❋ 더 읽어 봅시다 ❋

어린아이의 시선을 통해 세상을 바라본 작품

주요섭, 〈사랑손님과 어머니〉 _〈원미동 시인〉과 마찬가지로 1인칭 관찰자 시점으로, 어린 여자아이인 '옥희'의 눈을 통해 어머니와 사랑손님 사이의 사랑, 봉건적 윤리와 개인적 감정 사이의 갈등 등 어른들의 세계를 보여 주고 있다.

은희경, 〈새의 선물〉 _삼십대 중반을 넘긴 화자 '나'가 초등학교 5학년 무렵의 어린 시절을 회상하는 방식으로 구성된 액자 소설이다. 〈원미동 시인〉의 '나'와 마찬가지로 어린아이의 조숙하고 날카로운 시선을 통해 가족과 이웃의 일상에 숨겨진 욕망이나 허위의식을 들추어 내고 있다.

박완서, 〈옥상의 민들레꽃〉 _한 아파트에서 할머니가 둘씩이나 떨어져 자살하는 사건이 발생하자, 집값이 떨어질 것을 걱정한 아파트 주민들이 모여 회의를 하는 내용으로 이루어져 있다. 이 작품에서도 현대인들의 이기심과 물질 만능주의 세태를 어린아이의 눈을 통해 고발하고 있다.

비 오는 날이면 가리봉동에 가야 한다

 만약 우리가 열심히 일을 하는데도 불구하고 정당한 대가를 받지 못한다면 어떤 생각이 들까요? 이 작품에 등장하는 임씨는 늘 힘들게 일하며 정직하게 살아가지만, 가난한 현실은 조금도 나아지지 않습니다. 이런 열악한 상황에서 앞으로 노력하면 나아질 거라는 희망을 이야기할 수 있을까요? 임씨와 작품 속 화자인 '그'가 함께 보내는 하루를 통해 작가가 말하고자 하는 바가 무엇인지 생각해 봅시다.

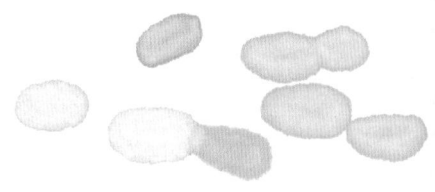

두 명의 일꾼은 아침 여덟 시가 지나서 들이닥쳤다. 일의 시작은 때려 부수는 것부터였다. 두 사람이 덤벼들어서 함부로 두들겨 깨는 것을 지켜보다가 그는 그 요란한 소리에 이맛살을 찌푸렸다. 망치질 한 번에 여기저기로 튕겨 나가는 타일 조각과 콘크리트 파편 때문에라도 더 이상은 그곳에 있을 수 없었다. 목욕탕과 잇대어 있는 주방도 어수선하기론 마찬가지였다. 목욕탕에서 옮겨 온 세간살이가 옹색한 부엌을 더욱 비좁게 만들고 있었다. 그 속에서 아내는 인부들 점심상에 내놓을 푸성귀를 다듬고 있었다.

은혜는 여태껏 텔레비전에 매달려 있는 채였다. 취학 전의 어

잇대다 서로 이어져 맞닿게 하다.
세간살이 세간. 집안 살림에 쓰는 온갖 물건.
옹색하다(壅塞--) 집이나 방 등의 자리가 비좁고 답답하다.
푸성귀 채소나 나물 등을 통틀어 이르는 말.
취학(就學) 교육을 받기 위하여 학교에 들어감.

린애들을 대상으로 하는 프로그램인데 그로서는 토옹 볼 기회가 없었으므로 아이가 화면에서 나오는 대로 따라 노래를 부르곤 하는 게 밉지는 않아서 내버려 두기로 하고 작은 방을 들여다보았다. 아직 젖을 먹는 은혜 동생은 목욕탕에서 꿍꽝거리는 요란한 소리에도 아랑곳하지 않고 모로 누워 쌔근쌔근 잠들어 있다. 은혜 밑으로 다시 딸을 낳은 뒤 말은 하지 않지만 노모는 어지간히 서운한 기색이었다. 한동안은 저희에게 살 집을 주시라고 기도하더니 연립주택이나마 부천에 집을 마련한 뒤부터는 대신 저희에게 건강한 옥동자를 주시고, 라는 구절이 끼어들기 시작했다.

"어머님은 김 집사네 이삿짐 거들어 주시러 가셨어요."

그가 이 방 저 방을 기웃거리고 다니는 것을 어머니 찾는 것으로 여긴 아내가 하는 말이었다. 아내의 말에는 대꾸도 하지 않고 그는 다시 난장판이 되어 가고 있는 목욕탕을 들여다보았다. 욕조를 상하지 않게 하려고 정교한 솜씨로 정을 대어 망치질을 하고 있는, 빛바랜 누런 티셔츠의 사내가 오늘 공사를 떠맡은 임씨였다. 바닥을 두들겨 파헤쳐 놓은 일꾼은 임씨보다 적어도 열 살은 어려 보이는 젊은이였다. 아직도 한더위인데 멋을

모로 옆쪽으로.
집사(執事) 기독교에서, 교회의 각 기관의 일을 맡아 봉사하는 교회 직분의 하나. 또는 그 직분을 맡은 사람.
정 돌에 구멍을 뚫거나 돌을 쪼아서 다듬는, 쇠로 만든 연장.

부려 보겠다는 것인지 긴 소매 남방을 입고 몸에 꼭 끼는 청바지가 노가다 복장으로는 어쩐지 서툴러 보여 미덥지가 않았다. 자칭 기술자라는 임씨조차 겨울이면 연탄 배달로 삯을 버는 연탄장수가 주업이라서 아무래도 미덥지가 않기로는 매일반이었다. 아랫동네의 임씨를 소개해 준 것은 지물포 주씨였다. 도배 일을 다니면서 찬찬히 살펴보았지만 임씨만큼 일솜씨 야무지고 성실한 일꾼이 없다는 것이었다. 그동안 어지간한 일들은 대신 설비의 소라 아버지가 맡아 해 주곤 했으나 요새 소라 아버지는 허리를 다쳐 누워 있는 중이라서 그 역시 마땅한 일꾼을 찾지 못하고 있는 판이었다.

 지물포 주씨 말을 믿기로 하고 임씨가 뽑은 견적대로 일을 맡기고 나서야 그는 아내를 통해 임씨가 사실은 연탄 배달부로서 여름 한철에만 이것저것 잡일을 하는 어설픈 막일꾼이라는 것을 알게 되었다. 그렇다면 보나마나 하자가 생길 것이 틀림없다고 믿은 그는 일을 시작도 하기 전에 적잖이 기분을 그르치고 말았다. 다른 것도 아니고 목욕탕 공사야말로 급수 배관에서 방

노가다 막일꾼. 막일을 하는 것을 직업으로 하는 사람.
 막일 이것저것 가리지 않고 닥치는 대로 하는 노동.
삯 일한 데 대한 품값으로 주는 돈이나 물건.
주업(主業) 본업. 주가 되는 직업.
매일반(--般) 매한가지. 결국 서로 같음.
지물포(紙物鋪) 온갖 종이를 파는 가게.
견적(見積) 어떤 일을 하는 데 필요한 비용을 미리 어림잡아 계산함.
하자(瑕疵) 옥의 얼룩진 흔적이라는 뜻으로, '흠'을 이르는 말.
배관(配管) 기체나 액체 따위를 다른 곳으로 보내기 위하여 관을 이어 배치함.

수, 그리고 미장˚, 타일까지 전문직이 필요한 게 아니냐는 나름대로의 이론에 비추어 봐도 섣부른 결정임에는 틀림없는 것처럼 여겨졌다.

재수가 없으려니. 목욕탕 사단˚이 생긴 이후 그는 걸핏하면 재수 타령을 하게 되었다. 하기야 집의 여기저기에 하자가 생겨 생돈을 밀어 넣어야 할 경우에는 으레 튀어나오는 말 또한 재수가 없으려니, 였다. 재수가 없어도 보통 없는 게 아니었다. 서울에서 그처럼 떠돌아다니다가 전세방 생활을 청산하고 겨우 연립이나마 한 채 사서 들어왔는가 했더니 한 달이 멀다 하고 이곳저곳의 문제점들이 출몰하기 시작하는 데는 정신이 없을 지경이었다. 집에 문제점이 있다는 것은 곧바로 돈을 써야만 풀리는 숙제 같은 것이어서 집주인이 되고부터는 노상 돈에 쪼들리는 것도 그 때문이었다.

이사 오던 해 겨울에는 천장이며 벽에 습기가 배어들어 물이 흐르기 시작했다. 이어서 온 집안에 곰팡이 냄새가 가득해지고 서서히 해동˚이 되면서는 숫제 비가 새듯 천장에서 물이 떨어졌다. 어차피 내 집인 이상 이쯤이야 고치고 살아야지. 그런 맘으로 그 첫 번째 공사는 시원시원하게 이루어졌었다. 원미 지물포 주씨가 맡은 그 공사는 집의 외벽과 천장에 두터운 스티로폼을

미장　건축 공사에서 벽이나 천장, 바닥 등에 흙이나 회, 시멘트를 바름. 또는 그런 일.
사단(事端)　사달. 사고나 탈.
해동(解凍)　얼었던 것이 녹아서 풀림.

붙이는 작업이었다. 온 집안에 먼지처럼 작은 스티로폼 입자가 풀풀 떠다니고 세간살이가 제자리를 떠나 있어 집 안이 온통 난장판일 때는 괴로웠었다. 하지만 그 다음에는 방습지˙로 말끔히 도배를 하여서 일 시작한 김에 집안 꼴은 훤해진 것이 그닥 나쁘지는 않았었다.

첫 번째 공사는 말하자면 신호에 불과한 셈이었다. 그 얼마 후에 은혜와 노모가 쓰고 있는 작은 방의 난방 파이프가 터져 버렸다. 구들˙을 파헤치고 다시 방의 꼴을 갖추는 데 며칠간의 북새통˙은 물론이고 수월찮은 돈이 날아가 버렸다.

그것뿐이 아니었다. 이어서 주방의 하수구가 막혔고 보일러의 굴뚝이 무너져 보일러까지 새로 갈아야 하는 일이 터져 버렸다. 지은 지 삼 년도 채 안 되었다는 집이 걸핏하면 터지거나 막히거나 무너지는 데는 어이가 없을 뿐이었다. 그런 일들이 아니라면 하다못해 목욕탕의 수도꼭지가 헛바퀴를 돌거나 변기의 물탱크가 제 구실을 못하거나 해서 크고 작은 돈이 쉴 새 없이 집수리하는 데 들어갔다. 이제 더 이상의 고장은 없으려니 하고 있으면 느닷없이 보조 키가 말을 들어먹지 않아서 내친김에 새로 발명되었다는 컴퓨터 보조 키까지 달게 했다.

방습지(防濕紙) 습기가 스며들지 못하게 만든 종이.
구들 고래를 켜고 구들장을 덮어 흙을 발라서 방바닥을 만들고 불을 때어 난방을 하는 구조물.
　고래 방의 구들장 밑으로 나 있는, 불길과 연기가 통하여 나가는 길.
북새통 많은 사람이 야단스럽게 부산을 떨며 법석이는 상황.

그리고는 이번의 목욕탕 사건이 터진 것이었다. 바로 어제 일이었다. 아침상을 받아 놓고 껄끄러운 입맛 때문에 모래알 씹듯 밥알을 세어 가며 식사를 하고 있는데 누군가가 현관문을 마구 두들겨 댔다. 그 요란한 소리에 갓난애까지 잠에서 깨어나 울음을 터뜨렸다. 어엿이 벨도 달려 있고, 벨을 사용하지 않으려면 점잖은 노크 방법도 있는데 이것은 해도 너무하지 않나 싶어 그 즉시 다짜고짜 문을 열어젖혀 버렸다.

현관문 밖에는 머리가 반쯤 벗겨진, 예순이 넘어 보이는 노인네가 눈을 동그랗게 뜨고 서 있었다. 스스로의 거친 행동은 잊어버린 채, 단지 문이 갑자기 열려 놀라지 않을 수 없다는 표정이어서 그는 어이가 없었다. 노인네의 일견˚ 순진하게조차 보이는 얼굴에 자연 그의 말씨도 공손해졌다.

"무슨 일이십니까?"

"아, 저…… 물이 말씀이야……."

"물이라구요? 수돗물 말씀하시는 겁니까?"

여름 들어서 격일제˚로 나오는 수돗물을 가리키는 말로 그는 알아들었는데 노인은 답답하다는 듯 자꾸 침을 삼키면서 손바닥을 비벼 대었다.

"물이…… 그러니까 목욕탕에서…… 물이……."

일견(一見) 한 번 봄. 또는 언뜻 봄.
격일제(隔日制) 일을 하루씩 걸러서 하는 제도.

더듬거리는 말버릇도 아니고, 그렇다고 어눌하고˙ 솜씨 없는 말투도 아닌 어조로 노인은 일껏˙ 뒤로 빼고 있는 느낌을 주었기에 그는 소롯이˙ 짜증이 밀려오기 시작했다. 그때 계단 아래에서 쿵쾅쿵쾅 발소리가 들리는가 했더니 이내 젊은 여자가 나타났다.

"아이구, 할아버지도, 참. 관두세요! 다른 게 아니라 그 집 목욕탕 파이프가 터졌나 봐요. 오늘 아침이 물 나오는 날 아네요. 어제는 괜찮았는데 오늘 아침부터 우리 집 목욕탕 천장으로 물이 떨어진다구요. 자꾸 더 떨어지는데 얼른 손을 보세요."

우는 아이에게 젖을 물리고 있던 아내가 아이를 추슬러˙ 안은 채 참견을 했다.

"어머나, 어쩐지 목욕탕 물이 시원찮게 나오더라구요. 이를 어째."

그들이 돌아간 뒤 그는 수도 계량기˙의 꼭지를 단단히 잠가 두고 다시 아침상 앞에 앉았다. 어제 받아 놓은 물이 많이 남아 있으니 오늘은 그럭저럭 지내고 퇴근 후에 다시 살펴보기로 한 그

어눌하다(語訥--) 말을 유창하게 하지 못하고 떠듬떠듬하는 면이 있다.
일껏 모처럼 애를 써서. 여기에서는 '한껏', 즉 '할 수 있는 데까지. 또는 한도에 이르는 데까지'의 의미로 쓰임.
소롯이 문맥상 '가볍게 살짝', '드러나지 않게 살며시'의 의미로 쓰임.
추스르다 위로 끌어 올려 다루다.
계량기(計量器) 수량을 헤아리는 데 쓰는 기구.

는 이내 숟가락을 놓아 버렸다. 몇 달 잠잠하다 했는데 기어이 큰 건수로 터져 버린 것을 생각하니 울화가 치밀어서였다. 모처럼 내일은 광복절 휴일로 넉넉하게 쉬어 볼까 했더니 이것 역시 그르치고 말게 될 것이 분명했다.

"그런데 아까 그 할아버지는 누구야?"

"으악새 할아버지 아녜요. 당신도 보셨잖아요."

그러면서 아내가 때맞지 않게 쿡 웃음을 터뜨렸다.

"으악새? 뭐 그따위 이름이 있나?"

"글쎄 말예요. 김 반장이 붙여 놓은 건데 아주 제격이에요."

그러고 보니 그 할아버지를 본 적이 있었다. 며칠 전의 퇴근길에서였다. 앞에 가던 노인네가 아무래도 수상했다. 버스 정류소에서부터 주욱 따라온 셈인데 삼십 초쯤의 간격으로 으악, 으악, 이렇게 소리를 내지르는 것이었다. 그것도 소리만 내뱉는 게 아니라 흡사 목젖 밑의 무엇을 끄집어내기 위해서인 듯 양손 바닥을 탁 치면서, 혹은 팔목을 내리치면서 으악, 외치는 것이었다. 처음에 들으면 꼭 해소 기침하는 노인네의 가래 긁어 올리는 소리로 들리기도 하였지만 분명 그것은 아니었다. 아내의 말에 의하면 두어 달 전에 아래층의 작은 방에 세를 얻어 이사 온, 혈혈단신 혼자 사는 노인네로 걸핏하면 원미동 거리를 오

울화(鬱火) 마음속이 답답하여 일어나는 화.
해소 '해수(咳嗽)'의 변한말로, '기침'을 한방에서 이르는 말.
혈혈단신(孑孑單身) 의지할 곳이 없는, 외로운 홀몸.

르락내리락하면서 그런다는 것이었다.

　미덥지 않게 보인 인상과는 달리 임씨는 흠집 하나 내지 않고 욕조를 들어내었다. 임씨의 의견에 따르면 목욕탕으로 들어오는 파이프는 욕조 밑을 지나 세면대와 변기로 이어졌음이 십 중에 여덟아홉*이므로 어차피 목욕탕 전체를 파헤쳐야 한다는 것이었다. 터진 곳을 요행˙ 쉽게 찾아낸다 하여도 방수 문제도 있고 노후˙된 수도관의 교체도 불가피하므로 완벽하게 공사를 마무리 짓기 위해서는 목욕탕 전체를 일체 새로 꾸민다는 각오로 덤벼야 한다, 동네 공사에 하자가 생기면 밥 먹고 사는 일에 지장이 있으므로 자기는 절대 그렇게 일을 하지는 않는다, 한 번 시켜 본 사람은 다음번 일에도 꼭 자기를 부르는 것 역시 다 이런 자세 때문이다, 라고 임씨는 말하였다. 입도 재빠르지만 입이 말을 하는 중에도 손놀림 또한 민첩했다. 임씨는 욕조를 들어낸 자리가 축축하게 젖어 있는 것을 보고 회심˙의 미소를 지으며 담배 한 개비를 빼어 물었다.

　"사장님, 여길 보세요. 욕조가 끝나는 자리부터 질퍽하지요? 제대로 찾아낸 겁니다. 이 부분에서 세면대까지의 사이에 하자가 생긴 게 분명해요."

---

* 십 중에 여덟아홉　십중팔구(十中八九). 거의 대부분이거나 거의 틀림없음.
요행(僥倖)　뜻밖에 얻는 행운.
노후(老朽)　오래되고 낡아 제구실을 하지 못함.
회심(會心)　마음에 흐뭇하게 들어맞음. 또는 그런 상태의 마음.

적게 보면 서른여덟, 많이 보면 마흔쯤으로 보이는 임씨가 자신을 사장님이라 부르는 소리에 그는 얼떨떨했다. 사장님은커녕 여태도 말단˙ 사원인데 이 사람은 집주인은 무조건 사장님이라 칭하기로 내심 통일시킨 모양이었다.

"어허, 사장님. 요 나쁜 자식들 좀 보세요. 이럴 줄 알았다니까요. 이건 BS표˙보다도 아랫질예요. 덤핑˙ 제품이죠. 돈도 몇 푼 차이 안 나는데도 집 장수 녀석들 심보는 꼭 이렇다구요.✽"

들고 있던 망치로 녹슬고 변색되어 있는 파이프를 툭툭 두들기며 임씨는 한탄을 했다. 그러자 옆에 있던 젊은이가 불쑥 나선다.

"에이, 아저씨. 그런 집 장수들 덕분에 우리도 먹고사는 거 아녜요. 어디 우리뿐이에요. 원미동만 해도 설비집이 수십 개인데 그 사람들 먹여살리는 공은 생각 안 해요?"

깨부숴 놓은 파편들을 부대에 담아 밖으로 나르던 일도 몇 번 만에 질렸는지 젊은 인부는 목욕탕 문턱에 앉아 아리랑 담배에 불을 붙인다. 그러고 보면 임씨는 아내가 분명 아리랑 한 갑을 건네줬는데도 그것은 뜯지도 않고 피우던 담배를 꺼내 놓고 있

말단(末端) 회사와 같은 조직에서 제일 아랫자리에 해당하는 부분.
BS표 문맥상 '품질이 좋지 못한, 정품이 아닌 물건'을 뜻함.
덤핑(dumping) 채산을 무시한 싼 가격으로 상품을 파는 일. 헐값 판매.
   채산(採算) 원가에 비용, 이윤 따위를 더하여 파는 값을 정함.
✽ 집 장수 녀석들 심보는 꼭 이렇다구요 집을 짓는 사람들이 공사 비용을 아끼기 위해 집을 지을 때 헐값에 판매되는 질 나쁜 재료를 쓴다는 의미이다.

다. 그는 젊은 녀석의 껄렁한 말씨에 적잖이 노여움을 느끼고는 녀석이 뿜어 대는 담배 연기에 눈살을 찌푸렸다. 스무 살이나 되어 보이는 녀석은 담배 연기를 동글동글 만들어 올리면서 옷에 묻은 먼지를 털어 내었다. 저런 녀석에게 일을 맡겨 봤자 몇 달 못 가 또 터지지. 그는 방으로 돌아오면서 또 한번 미심쩍음에 시달렸다. 저런 잡역부를 데리고 다니는 임씨 또한 별다를 바가 없으리라. 파이프가 터지지 않는다면 방수를 제대로 못 해 물이 스밀지도 몰랐다. 외국에서는 수백 년 이상 된 집들도 탈 없이 건재하고 있다지만 우리나라에서는 어림도 없다. 여기까지 생각하자 그는 자신도 모르게 "조선 놈들은 할 수 없어."란 말이 새어 나왔다.

사실 그 역시 이런 자조 섞인 욕설이 입에서 새어 나오는 것에 적이 기분이 상했다. 이거야말로 일제의 잔재인데 알게 모르게 그 자신의 몸에도 깊숙이 배어 있다는 게 놀라웠다. 게다가 올봄부터 영업부에서 홍보실로 자리를 옮긴 그는 반관반민의 형태를 띤 회사에서 사보(社報) 성격의 기관지를 편집하는 직업

잡역부(雜役夫) 여러 가지 자질구레한 일에 종사하는 인부.
건재하다(健在--) 힘이나 능력이 줄어들지 않고 여전히 그대로 있다.
자조(自嘲) 자기를 비웃음.
적이 꽤 어지간한 정도로.
잔재(殘滓) 과거의 낡은 사고방식이나 생활 양식의 찌꺼기.
반관반민(半官半民) 정부와 민간인이 공동으로 자본을 대어 회사, 시설을 설립·경영하는 일.
사보(社報) 기업에서 홍보를 목적으로 발행하여 외부에 배포하는 간행물.
기관지(機關誌) 특정한 개인이나 조직, 단체가 추구하는 정신이나 이념 등을 널리 펴기 위하여 발행하는 잡지.

을 가지고 있었다. 그가 맡은 일은 간략하게 말해서 가능한 한 모든 한국인의 장점과 특성·근면·성실·정직 등을 드러내는 데 주력하는 것이었다. 백 페이지쯤 되는 책자의 처음부터 끝까지가 우리는 자랑스러운 한민족이라는 사실을 확인하고 검증하고 환기시키는 작업에 바쳐지는 것인데 그런 일을 한다는 자신의 입에서 새어 나온다는 소리가 조선 놈들은 어쩌구 하는 탄식이니 스스로도 묘한 이율배반을 느끼지 않을 수 없었다. 이건 마치 자신은 우월한 한민족이고 임씨와 저 꺼벙한 젊은 친구는 조선 놈으로 편가름시키는 꼴이 되는 것이었다. 그가 이런 생각에 골몰해 있는데 그새 놀러갔다 오는지 은혜가 뛰어들며 소리쳤다.

"아빠, 아빠. 우리도 태극기 달아요. 소라네 집이랑 정미네 집도 태극기 달았어요."

그러고 보니 오늘이 광복절이었다. 창 밖으로 고개를 내밀고 살펴보니 띄엄띄엄 하얀 국기가 펄럭이고 있었다. 아이의 성화에 국기를 내어 걸고 나자 은혜는 자랑이라도 하려는지 깡충거리며 또 밖으로 뛰어나갔다. 목욕탕에서는 계속 두들겨 부수는 작업이 한창이고 아내는 없는 물을 아껴 가며 점심을 하려니까

검증하다(檢證--) 검사하여 증명하다.
환기(喚起) 주의나 여론, 생각 등을 불러일으킴.
이율배반(二律背反) 서로 모순되어 동시에 따로 성립할 수 없는 두 개의 명제.
  명제(命題) 어떤 문제에 대한 하나의 논리적 판단 내용과 주장을 언어 또는 기호로 표시한 것.
골몰하다(汨沒--) 다른 생각을 할 여유도 없이 한 가지 일에만 파묻히다.

진땀이 나는지 연신 선풍기 방향을 돌려 가면서 부엌에서 허둥대고 있었다.

"오늘 끝나기는 어렵겠죠?"

아내는 내일까지 일이 계속된다는 게 벌써부터 지겨운 듯했다.

"그럴 거야."

움직일 때마다 발부리˙에 차이는 세간살이들을 이리저리 옮겨 놓으며 그는 건성˙으로 대답했다. 그 비슷한 말을 임씨에게 해 보았더니 임씨 역시 건성이었다.

"사장님이야 며칠이 걸려도 아무 상관없지요. 견적 뽑은 대로만 주시는 거니께요. 나머지는 지가 백날이 걸려도 하자 없이 해 놀 일만 남은 셈입니다."

임씨 말대로라면 당일로 끝낼 속셈은 아닌 듯싶었다. 젊은 인부는 삼십 분쯤 일하고 나면 담배 한 대에 냉수 한 컵 하는 식으로 일을 질질 끌고, 젊은 녀석 단속하랴 자신이 하는 일에 신경 쓰랴 입으로 한몫하랴 임씨 속도도 그가 보면 더디기 짝이 없었다. 하기야 뭐 이런 공사가 국수 가락 뽑아내듯 쑥쑥 뽑혀 나오는 재미를 주는 일이야 아니겠지만 깨고 들어내고 긁어 대고 하는 일은 한참 후에 들여다보아도 그게 그 모양이었다. 그렇다고

발부리 발끝의 뾰족한 부분.
건성 진지한 자세나 성의 없이 대충 하는 태도.

감독관마냥 문 앞에 버티고 서서 잔꾀 부리지 않도록 감시하고 있을 수도 없는 일이어서 그는 어슬렁거리며 집 안 이곳저곳을 기웃거렸다.

"왔다 갔다 하지만 말고 가서 지켜보세요. 일꾼들이란 원래 주인이 안 보면 대충대충 덮어 버리는 못된 구석이 있다구요."

시금치나물을 무치면서 아내가 행여 들릴까 봐 낮은 소리로 소곤거렸다. 갓난애나 징징 울어 대면 애 보기나 하련만 아이는 배만 부르면 쌔근쌔근 잠들어 버리는 터라 사실 그가 할 일이 딱히 없는 형편이었다. 그는 하는 수 없이 다시 목욕탕을 들여다보지 않을 수 없었다. 마침 임씨가 젊은이에게 건재상에 가서 새 파이프를 가져오라고 시키고 있을 때였다. 욕조에서 세면대로 구부러지는 이음새 쪽에 사단이 생긴 모양이었다. 땀방울이 흘러내리는 얼굴을 쳐들어 올리며 임씨가 말했다.

"사장님, 수도 좀 열어 보세요. 이곳에서 물이 솟구칠 것 같은데."

임씨가 시키는 대로 계량기의 꼭지를 비틀고 돌아와 보니 아닌 게 아니라 그 자리에서 물줄기가 솟아오르고 있었다.

"보세요. 요걸로 한 번만 내리치면 완전 분수처럼 솟구칠 테니까."

건재상(建材商) 건축 재료를 파는 가게.
이음새 이음매. 두 물체를 이은 자리.

임씨가 옆에 놓여 있던 흙손으로 파이프를 살짝 내리치자마자 이내 감당할 수 없을 만큼 물이 터져 나오기 시작했다.

"완전히 삭았어요. 사장님, 어서 계량기 잠그세요. 터진 데 찾았으니 일은 다한 거나 마찬가지라구요."

임씨는 젊은 인부를 기다리는 사이 아내에게 냉수를 한 컵 청했다. 일을 다한거나 진배없다는 일꾼의 말에 기분이 좋아진 아내가 청량음료를 한 컵 가득 따라 주며 다짐했다.

"세면대나 변기는 손댈 것 없겠지요?"

"예, 사모님. 다른 데 파이프는 구부러지게 이을 필요가 없거든요. 이 자리는 맨 처음 시공 때부터 욕조를 앉히느라고 닦달을 해 댄 모양이에요."

목울대를 울리며 임씨는 맛있게 음료수를 들이켰다. 여름 한철 집수리 일이나 한다는 사내치고는 꽤 정확한 솜씨가 아닌가 하여 그는 새삼 사내의 몰골을 자세히 뜯어보았다. 원래는 자주색이었을 티셔츠는 잦은 세탁으로 누런빛이었고 얼마나 오래 입었는지 검정 고무줄이 삐져나온 추리닝의 허리께는 서툰 손바느질로 터진 실밥을 꿰맨 자리가 어지러웠다. 작은 체구에 비

흙손 흙일을 할 때에, 이긴 흙이나 시멘트를 떠서 바르고 그 겉 표면을 반반하게 하는 연장.
진배없다 그보다 못하거나 다를 것이 없다.
시공(施工) 공사를 시행함.
닦달 물건을 손질하고 매만짐.
목울대 울대뼈나 목청을 이르는 말.
몰골 볼품없는 모양새.

하면 어깨 근육이나 팔목의 힘줄은 탄탄하게 보였고 더위로 상기된 얼굴은 이제 막 밭을 갈다 나온 농부처럼 건장해 보였다.

"지물포 주씨가 칭찬하던 대로 일을 잘하시네요."

그는 슬쩍 사내를 추켜세웠다. 인간이란 칭찬 앞에 약한 법이다. 하물며 저 단순한 육체 노동자야말로 이런 귀 간지러운 말에 자신의 온 힘을 바치지 않겠는가. 그는 자신의 한마디가 잘 계산하여 내놓은 작품임을 은근히 자만하였다. 한데 임씨의 반응은 계산과는 다르게 빗나갔다.

"뭘입쇼. 누가 와서 일해도 마찬가지니까요. 목욕탕 하자 공사는 순서가 있어요."

"그래도……."

그래도, 라고 입막음을 하려다 말고 그는 할 말이 마땅치 않아 주춤거렸다. 그래도 당신 솜씨가 최상급이오, 라는 말도 이상하게 들릴 것이고 그래도 누군들 당신만하게 일을 처리하겠느냐, 라고 말해도 속이 보여서 곤란했다.

"사모님. 오늘 일이야 하자 없이 잘해 드릴 테니 겨울 연탄은 저희 집 것을 때세요. 저야 뭐 연탄장수 아닙니까."

이야기가 이쯤에 이르면 그는 더욱 할 말이 없어진다. 되려 임씨의 자기 선전 앞에서 스스로의 대답이 궁색해졌다. 아내 또

건장하다(健壯--) 몸이 튼튼하고 기운이 세다.
궁색해지다(窮塞---) 말이나 태도, 행동의 이유나 근거가 부족해지다.

한 딱히 연탄을 맡기겠다는 대답도 없이 웬일인지 굳어진 표정이었다.

"고향이 어디요?"

아무려면 머리 굴리는 거야 임씨보다 못하랴 싶어서 그는 말꼬리를 돌려 보았다. 어딘가에는 반드시 임씨를 달뜨게 할 함정이 있을 것이다. 부드러운 말로 꽉 움켜잡아야 일에 정성을 쏟아 완벽한 공사를 해 줄 게 아닌가.

"고향요?"

임씨는 반문하고서 쓰게 웃었다.

"고향이 어디냐고 묻지 말라고, 뭐 유행가 가사가 있잖습니까. 고향 말하면 기가 막혀요. 벌써 한 칠팔 년 돼 가네요. 경기도 이천 농군이 도시 사람 돼 보겠다고 땅 팔아 갖고 나와서 요 모양 요 꼴입니다. 그 땅만 그대로 잡고 있었어도."

그때 파이프를 들고 젊은 인부가 돌아왔다. 입에는 아이들이 먹고 다니는 쭈쭈바가 물려 있고 그 껑정껑정 뛰는 듯한 걸음걸이로 성큼 욕탕 안으로 넘어섰다. 저따위 녀석들이야 평생 노가다판에 뒹굴어도 싸지. 에이 못 배워 먹은 녀석.

그들이 다시 목욕탕으로 들어가 일을 시작한 뒤 아내가 그를 마루 구석으로 끌고 갔다. 뭔가 인부들 귀에 닿지 않게 속닥거릴

달뜨다 마음이 가라앉지 아니하고 조금 흥분되다.
반문(反問) 물음에 대답하지 아니하고 되받아 물음. 또는 그 물음.
껑정껑정 긴 다리를 모으고 가볍게 내뛰는 모양.

이야기가 있는 모양이었다.

"그럼, 돈 계산은 어떻게 되는 거예요? 저 사람 처음에는 목욕탕을 다 뜯어 발길 듯이 말하잖았어요? 견적도 그렇게 뽑았을 거예요. 이십만 원이 다 되는 돈 아녜요?"

아내의 말을 들으니 딴은 중요한 문제이긴 했다. 목욕탕 공사야말로 하자 없이 해야 한다는 말을 몇 번씩이나 들먹이며 임씨가 빼 놓은 견적은 욕조와 세면대 사이의 파이프만 교체하는 수준의 것이 아님은 분명하다.

"당신이 지금 가서 따져 봐요. 저런 사람들 돈이라면 무슨 거짓말을 못 하겠어요. 괜히 견적만 거창하게 뽑아 놓고 일은 그 반값도 못 미치게 하자는 속임수가 틀림없어요. 우리 같은 사람이 어떻게 공사판 내용을 다 알겠어요. 이렇다 하면 그런가 보다 하고 믿는 게 예사지."

아내는 애가 달았다.* 이럴 줄 알았으면 이곳저곳에 견적을 뽑아 보고 시킬 것을 그랬다는 둥, 괜히 주씨 말만 믿고 덥석 일을 맡겼다가 돈만 속게 되었다는 둥, 저런 양심으로 일을 하니 연탄 배달 신세 못 면하는 것 아니냐는 둥, 종국˙에는 임씨의 반지르르한 말솜씨마저 다 검은 속셈을 감추기 위한 게 아니냐는 말까지 쏟아져 나왔다.

✤ 아내는 애가 달았다 아내는 임씨가 견적을 속일까 봐 조마조마하여 마음이 몹시 조급해졌다.
종국(終局) 일의 마지막.

"그런 작자한테 일 잘한다고 추켜세우지를 않나, 원……."

아내는 눈까지 흘기면서 부엌으로 돌아갔다. 갑자기 그릇 부딪치는 소리가 요란해진 걸 보니 아내는 억울하게 빼앗길 돈 생각에 잔뜩 울화가 솟구치는 모양이었다. 하기야 언제까지 원미동 구석에 처박혀 살겠느냐고 벌써부터 서울 집값을 수소문하면서 아라비아 숫자들을 나열해 보곤 하던 아내였으니까 너무 한다고 나무랄 것도 없었다. 전철을 타고 한강을 건널 때면 멀리 강변을 따라 우뚝 솟아 있는 고층 아파트를 보는 일이 괴롭다고 하소연한 적도 있었던 그녀였다. 공장 그을음이 깔려 있는 영등포를 지나 한강을 건너 서울로 들어갈 때의 기분과 서울에서 나올 때 한강을 건너는 기분은 사뭇 다르다고 말하던 그녀였다.

다락˚ 용도로나 쓰임직한 부엌 옆 골방까지 방 셋에 마루·부엌·욕실까지 어엿하게˚ 꾸며진 집에서 살게 되었을 때의 흐뭇함은 일 년도 못 되어 거지반˚ 사라지고 만 셈이었다. 서울에서 살 때의 그 끝없는 허둥댐, 떠돌아다님의 정처 없음과는 다르겠지만 이곳 원미동에서의 생활 역시 좀체 뿌리가 박히지는 않았다. 무엇보다도 잦은 공사로 그간 안정을 누리는 일 따위와는 거리가 멀었던 까닭도 있지만 간단히 말하면 그와 그의 아내는 서울에 대한 미련을 버리지 못하고 있는 중이었다.

다락 주로 부엌 위에 이 층처럼 만들어서 물건을 넣어 두는 곳.
어엿하다 행동이 거리낌 없이 아주 당당하고 떳떳하다.
거지반(居之半) 거의 절반 가까이.

생각하면 참 가당찮은˚ 일이었다. 트럭의 짐칸에 실려 영등포를 지나고 개봉을 지나 부천에 들어섰을 때의 그 어쭙잖은˚ 느낌 속에도 분명 새 땅, 새 생활에의 부푼 기대 같은 게 없었다. 남의 집이 아닌 내 집을 마련했다는 약간의 흐뭇함이야 물론 없지는 않았다. 그것마저 누리지 않으려 했을 바에야 굳이 부천까지 왔을 이유가 없기 때문이었다. 가당찮은 점은 바로 여기에 있었다. 천이백만이니 천오백만이니 해 대는 서울특별시에 거주하는 인간들 속에는 분명 그들보다 못 배우고 더 가난한 이들도 섞여 있을 것이었다. 그런 사람도 서울 시민으로 살고 있는데 하물며 우리가 그곳에서 쫓겨나 여기까지 오게 되다니, 하는 같잖은˚ 느낌이 마치 문틈으로 연탄가스가 새어들듯 조금씩 조금씩 그들 부부를 침식해 왔다. 어떤 사람 말대로 없는 사람 먹고살기로는 부천이 좋다 하지만 그는 어엿하게 한강을 건너 서울의 중심가에 직장을 둔 월급쟁이였다. 회사 주변의 술집에는 작게는 일이만 원에서 크게는 이삼십만 원의 외상 술값을 남겨 놓고 다니는 적당한 주량을 가지고도 있으며 때로 실장의 곁눈질에 가슴이 철렁하는 소심함도 남 못지않기는 하지만 그래도 저 임씨처럼 겨울이면 연탄 배달에 여름이 오면 공사판 막일을 해야 하는 처지와는 사뭇 다른 것이다.

가당찮다(可當--) 도무지 사리에 맞지 않다.
어쭙잖다 아주 서투르고 어설프다. 또는 아주 시시하고 보잘것없다.
같잖다 하는 짓이나 꼴이 제격에 맞지 않고 눈꼴사납다.

임씨에게 잔뜩 당했다고 믿고 있는 아내는 점심상을 내놓을 때까지도 얼굴이 굳어 있었다. 하다못해 많이들 드시라는 입에 발린 인사조차 내밀지 않아서 그가 오히려 민망하였다. 게다가 밥상에는 두 그릇의 밥만 올려져 있었다. 그의 몫의 식사는 함께 준비하지 않은 것이었다.

"내 밥도 가져와. 아저씨들이랑 함께 먹어 치우지 뭐."

그는 짐짓 소탈하게 아내를 채근했다.

"나중에 어머님이랑 함께 드세요. 아직 이르잖아요."

아침 식사한 지가 얼마나 되었느냐는 아내의 말이었지만 인부들과 겸상으로 차릴 수 없다는 아내다운 발상임을 그는 모르지 않았다. 그때 숟가락을 들려다 말고 임씨도 아내의 말에 동조했다.

"그러시지요. 저희야 옷도 먼지투성이고, 일하던 꼴이라 망측스러우니 사장님과 함께 들기가 뭐하네요."

"어허, 무슨 말씀을. 얼른 내 밥도 가져오라구."

아내는 마지못해 밥과 숟가락을 상에 놓았다. 머리칼 위에 허옇게 내려앉은 시멘트 가루를 이고서 임씨는 고봉으로 퍼 담은 밥그릇을 비워 내기 시작했다. 젊은 잡역부는 아내가 달걀을 입

❧ 입에 발린 인사조차 내밀지 않아서 (마음에도 없이) 겉치레로 하는 말조차 하지 않아서.
채근하다(採根--) 어떻게 행동하기를 따지어 독촉하다.
겸상(兼床) 둘 또는 그 이상의 사람이 함께 음식을 먹을 수 있도록 차린 상.
발상(發想) 생각.
고봉(高捧) 그릇에 밥 등을 담을 때에, 그릇 위로 수북하게 담는 방법.

비 오는 날이면 가리봉동에 가야 한다

혀 지져 낸 소시지 부침만을 겨냥하는 젓가락질을 해 대다가 임씨에게 머퉁이를 먹기도 하였다.

"예끼 이 자슥아. 열 살 먹은 어린애도 아니면서 입에 단 것만 골라 먹누."

"그런 말씀 마세요. 다른 집에 가면 새참에 카스텔라나 우유도 내주던데 오늘은 쫄쫄 굶었단 말예요."

젊은 인부의 말이 그가 듣기에 민망했음을 고려해서인지 임씨가 녀석의 머리통을 쥐어박았다.

"일은 참새 눈물만큼 해 놓구선 먹기는 황소같이 처먹으려구."

"오전 시간은 짧아서 새참 내놓을 짬이 없었어요. 오후에는 술이라도 한잔 들면서 쉬었다 하지요."

그러자 임씨가 입에 가득 밥을 물고 휘휘 손을 내저었다.

"사장님도 그런 말씀 마세요. 이만하면 되었지 뭘 또. 오늘 일 마치려면 쉴 짬도 없어요. 이놈의 자식이 원래 먹성이 좋아서……."

"사실이 그렇지요 뭘. 먹어야 뱃심이 생겨 일을 잘할 거 아닙니까."

젊은 인부가 입을 뚱하니 내밀었다.

머퉁이 '꾸지람'의 사투리.
새참 일을 하다가 잠깐 쉬면서 먹는 음식.
먹성(-性) 음식을 먹는 분량.

글줄이나 익히고 대학쯤 졸업해서 볼펜 굴리며 일하는 부류에게는 뱃심이라는 게 필요 없는 법이다. 머리를 굴리는 일에 과식은 오히려 금물이지만 이들처럼 막노동꾼에게는 그저 배불리 먹이는 게 밑천 뽑는 것 아닌가. 그는 임씨나 젊은이에게 이것저것 반찬을 돌려 주면서 내심으로는 아내의 눈치를 보았다.

"이런 일은 언제부터 했어요?"

임씨의 공이˙ 박힌 손가락이 예사롭지 않아서 그는 문득 남자의 전력˙이 궁금해졌다.

"뭐 안 해 본 게 없어요. 까짓 거 몸 돌보지 않고 열심히만 하면 농사꾼보다야 낫겠거니 했지요. 처음에는 땅 판 돈이 좀 있어서 생선 장사를 하다가 밑천 잘라먹고 농사꾼 출신이라 고추 장사는 자신 있지 싶어 덤볐다가 아예 폭삭 망했어요."

밥그릇 비우는 솜씨도 일솜씨 못지않아서 임씨는 그가 반도 비우기 전에 벌써 숟가락을 놓았다. 그리고 은하수˙ 한 개비를 물었다.

"밑천 댈 돈이 없으니 그 다음부터는 닥치는 대로죠. 서울서 밑천 털리고 부천으로 이사 온 게 한 육 년 되나. 이 바닥서 안 해 본 게 없어요. 얼음 장수, 채소 장수, 개장수, 번데기 장수, 걸리는 대로 했으니까요. 장사를 하려면 단돈 천 원이라도 밑

공이 '옹이'의 사투리. '굳은살'을 비유적으로 이르는 말.
전력(前歷) 과거의 경력.
은하수 예전에 판매했던 담배 이름 중 하나.

천이 들게 마련인데 이게 걸핏하면 밑천 까먹기라 이겁니다. 좀 되는가 싶어도 자식새끼가 많다 보니 쓰이는 돈도 많고. 그래서 재작년부터는 몸으로 벌어먹는 노가다 일을 주로 했지요. 뺑기쟁이, 미쟁이, 보일러쟁이* 뭐 손 안 댄 게 없어요. 잡부가 없다면 잡부로 뛰고, 도배쟁이가 없다면 도배도 해요. 그러다 겨울 닥치면 공터에 연탄 부려 놓고 연탄 배달로 먹고살지요."

키 작은 하청일과 키 큰 서수남이 재잘재잘 숨넘어가게 가사를 읊어 대는 노래가 생각날 만큼 그가 주워섬기는 직업 또한 늘어놓기 힘들 만큼 많았다. 그렇게 많은 일을 했다면서 아직도 요 모양 요 꼴인가 싶으니 견적에서 돈 남기고 공사에서 또 돈 남기는 재주는 임씨가 막판에 배운 못된 기술인지도 몰랐다.

"연탄 배달이 그래도 속이 젤로 편해요. 한 장 배달에 얼마, 이렇게 금새가 매겨져 있으니 한철에 얼마큼만 나르면 입에 풀칠은 하겠다는 계산도 나오구요. 없는 살림에는 애들 크는 것도 무서워요. 지하실에 꾸며 놓은 단칸방에 살면서 하루에 두 끼는 백 원짜리 라면으로 때우게 되더라구요. 그래도 농사지을 때는 명절 닥치면 떡 한 말쯤이야 해 놓을 형편이었는

✤ 뺑기쟁이, 미쟁이, 보일러쟁이 여기에서의 '쟁이'는 '장이'의 잘못된 표현으로, '장이'는 '그것과 관련된 기술을 가진 사람'의 뜻을 더하는 접미사이다. '뺑기장이'는 '페인트칠하는 일을 하는 사람'을, '미장이'는 '건축 공사에서 벽이나 천장, 바닥에 흙, 회, 시멘트를 바르는 일을 하는 사람'을, '보일러장이'는 '보일러를 설치하는 일을 하는 사람'을 뜻한다.
금새 물건의 값. 또는 물건값의 비싸고 싼 정도.

데……. 시골서 볼 때는 돈이란 돈은 왼통 도시에 몰려 있는 것 같음서도 정작 나와 보니 돈 구경하기 힘들데요."

그는 또 공사 맡아서 주인 속여 남긴 돈은 다 뭣하누 하는 생각에 임씨 얼굴을 다시 보게 된다. 하기야 임씨 같은 뜨내기˙ 인부에게 일 맡길 집주인도 흔치 않겠지 하고 어림하다˙ 보니 스스로가 바보가 된 것 같아서 새삼 입맛이 썼다.

"얼음 장수나 계속하시지, 여름에 시원하고 좋지 않아요?"

트림을 끄윽 해 대면서 젊은 녀석이 히죽 웃었다. 맛있어 보임 직한 반찬만 골라 먹고 정작 밥은 그릇 밑바닥에 남겨 놓은 것을 보니 참 한심한 녀석이다 싶어서 그는 녀석을 외면하고 임씨를 보았다.

"야, 그것 말도 마라. 남의 차 빌려 갖고 냉동 시설을 갖추느라고 돈 깨나 퍼 들였지. 처음에는 좀 남는 것도 같더라고. 사실로 따지면야 물 퍼다가 만드는 얼음 아닌가. 그래 한철 진빠지게 하고 나서 맞춰 보니 어쩐 일인지 남는 게 없어. 기왕에 거래선˙을 잡아 보겠다고 싸게 공급하느라 헛김만 뺀 거지 뭐."

"개장수 하시면서는 멍멍탕 깨나 잡수셨겠어."

벽에 기대고 앉아 담배를 피우던 젊은 녀석이 또 이죽거렸다.˙

뜨내기 일정한 거처가 없이 떠돌아다니는 사람.
어림하다 대강 짐작으로 헤아리다.
거래선(去來先) 거래처. 돈이나 물건 따위를 계속 거래하는 곳.
이죽거리다 '이기죽거리다'의 준말. 자꾸 밉살스럽게 지껄이며 짓궂게 빈정거리다.

"사장님도 보신탕 잡숫지요? 여름엔 그저 개장국에 밥 말아 먹는 게 최고인데."

밥상을 들여 내가던 아내가 입을 비죽 내밀었다. 임씨의 개장수 시절 이야기는 아내의 샐쭉함이야 어쨌든 아주 흥미 있었다. 집에서 기르던 똥개가 새끼를 낳으면서 시작된 개장수는 망태기 하나 둘러메고 망태기 속에 오징어 다리나 명태 대가리들을 넣어 한적한 주택가를 헤매는 게 사실상의 일이라 했다.

"예나 이제나 똥개 값이야 팔고 사는 사람들이 하도 빡빡하게 구니 남는 게 없어요. 주인 없는 발바리 새끼라도 건지는 게 돈 버는 일입지요. 명태 대가리 던져 놓고 다 먹기 기다려서 슬슬 걸어가기만 하면 돼요. 침을 질질 흘리면서 어디까지라도 따라오지요. 얼마큼 멀어졌다 싶으면 목에다 고리 채워서 같이 걸어가면 그뿐예요. 그래 갖고 저 영등포 시장에 개 골목이 있지요. 거기다 넘기면 말예요, 다음 날 가 보면 어제 넘긴 놈이 벌건 몸뚱이로 고깃근이 되어 좌판에 엎어져 있어요. 그것도 못 할 노릇이데요. 눈깔 뻔히 뜨고 나자빠져 있으니 괜히 뒤가 구리다 이 말씀예요."

샐쭉하다 마음에 차지 아니하여서 약간 고까워하는 태도가 드러나다.
망태기(網--) 물건을 담아 들거나 어깨에 메고 다닐 수 있도록 만든 자루.
좌판(坐板) 팔기 위하여 물건을 벌여 놓은 널조각.
✤ 뒤가 구리다 자신이 잡아다 판 개가 도축되어 있으니, '마음에 걸려 언짢은 느낌이 있다'는 정도의 의미이다.

임씨 손에 끌려가 도살장에서 목을 달았을 개가 수십 마리쯤에 이르렀을 때 그는 개장수를 집어치웠다. 그렇게 맛있던 보신탕이 슬슬 역겨워지던 무렵이었다. 그리고 얼마 안 있어 개고기에 무슨 균이 있다고 신문·방송에서 법석을 떨어 대는 통에 견공˙들의 수난이 좀 덜한 세월이 되었다.

그들이 슬슬 일을 시작하려고 자리에서 일어설 무렵, 은혜를 앞세우고 노모가 들어왔다.

"집도 억시기 좋드라. 부천에도 그러코롬 잘 꾸민 집이 있을 줄 내사 몰랐지."

새로 이사한 김 집사네 집을 가리키는 말이다.

"어머니 식사하세요."

아내가 어느새 점심상을 차려 내왔다.

"아이다. 은혜 데불러˙ 안 왔나. 목사님 모시고 이사 예배 본다꼬 점심 장만이 한창인 기라. 일하느라 걸그치는데˙ 은혜 맡아 갖고 그 집에서 점심 묵꼬 일 좀 더 봐 주다 올 끼다."

더럽혀진 아이의 옷을 갈아입히고 어머니는 다시 나가 버렸다. 어쩔 수 없이 혼자 밥상 앞에 앉게 된 아내가 공깃밥에 물을 주르르 말아 버린다. 심사˙가 좋지 않다는 표시였다.

견공(犬公) '개'를 의인화하여 높여 이르는 말.
데불다 '데리다'의 사투리.
걸그치다 걸거치다. '거치적거리다'의 사투리. 거추장스러워서 자꾸 거슬리거나 방해가 되다.
심사(心思) 어떤 일에 대한 여러 가지 마음의 작용.

"왜?"

그가 다그쳤다.

"은혜는 그냥 놔두고 가시잖고. 아, 당신이 말리지 그랬어요?"

"할머니 따라가서 맛있는 점심 먹으면 어때서 그래?"

"이사하느라 부산한° 집에서 눈칫밥 먹는 게 좋아요? 생전 맛있는 음식 구경 못 한 사람처럼. 우리가 뭐 거지인가."

"허허, 이거 왜 이러시나, 김 집사네 대궐 같은 집 산 것이 못마땅해?"

"누가 그렇대요. 우리 형편하고 김 집사네하고 대기나 할 수 있어야 말이지……."

그래도 아내는 자신의 분수를 아주 모르지는 않는 모양이었다. 이내 임씨의 견적 문제로 되돌아오는 말꼬리를 봐도 그렇다.

"어서 가서 확실하게 다짐해 둬요. 아까 이야기 들어 보니 산전수전 다 겪어서 수완°이 보통은 넘겠습디다."

임씨의 살아온 내력°을 들었을 때 그는 지지부진한° 한 인생을 떠올렸었다. 그가 끌고 다녔을 개들의 인생이나 별로 다를 바 없는, 도저히 구제할 수 없는 삶을 생각했었다.

부산하다 급하게 서두르거나 시끄럽게 떠들어 어수선하다.
수완(手腕) 일을 꾸미거나 처리 나가는 재간.
내력(來歷) 지금까지 지내온 경로나 경력.
지지부진하다(遲遲不進--) 매우 더디어서 일이 잘 진척되지 아니하다.

그런데 똑같은 이야기를 듣고 아내는 임씨의 수완이 보통이 아닌 것을 간파했다고 시방 말하는 것이었다.

"돈 건넬 때 말해도 늦지 않아. 수완이 좋았다면 여태 저러고 있겠어."

알게 모르게 그는 아내 편에서 떨어져 나와 임씨 편에 서 있는 셈이었다. 그렇다고는 해도 한심한 어떤 사내의 구구절절한 사연을 기웃거린 일말의 동정에 불과한 것이기가 십상이었다.※

그리고 오후부터는 일의 양상이 사뭇 달라져 있었다. 마지못해 시키는 일이나 간신히 해 대던 젊은 잡역부가 약속을 핑계로 일을 중단했기 때문이었다.

"반나절 일한 것, 지금 주세요. 어제 것도 안 줬잖아요? 커피 값도 없단 말예요."

녀석은 그가 보거나 말거나 임씨에게 손을 내밀었다. 머리통을 한 대 쥐어박을 듯이 덤벼들었던 임씨가 욕설을 중얼중얼 내뱉으며 오천 원짜리 한 장을 꺼내서 녀석에게 주었다. 벽에 붙은 거울 앞에서 이빨 새도 살피고 지니고 다니는 빗을 꺼내 머리도 매만진 녀석이 이번에는 부엌 싱크대 수도꼭지를 틀어

간파(看破) 속내를 꿰뚫어 알아차림.
시방(時方) 지금. 말하는 바로 이때.
일말(一抹) 한 번 칠한다는 뜻으로, 주로 '일말의' 꼴로 쓰여 '약간'을 이르는 말.
※ 그렇다고는 해도 ~ 것이기가 십상이었다 임씨가 들려준 이야기를 통해, 그가 안 해 본 일이 없을 정도로 온갖 직업을 거쳤지만 아직도 잡일을 하면서 가난하게 살아가는 신세임을 알게 되면서 안쓰러워하지만, 결국 이것은 동정에 불과한 것이라는 의미이다.

놓고 오랫동안 손을 씻었다. 오전 동안 일한 돈을 들고 녀석이 어디로 갈 것인지는 보지 않아도 환히 알 수 있었다.

"아직 고생을 못 해 봐서 저래요. 이웃에 사는데, 집에서 빈둥빈둥 놀고 있길래 심부름이나 시킨다고 데리고 다녀 보니깐 애가 영 바람만 들어 갖고, 쯧쯧."

"이런 일 하러 다닐 친구로는 안 보입디다."

"맞아요. 어디 가서 제비족으로 남의 등이나 치며 사는 게 저놈한테는 딱 맞다니까."

임씨 입에서 먼저 남의 등이나 치며, 하는 말이 나왔으므로 그는 별수 없이 또 견적 뽑은 대로 돈을 울궈 낼 임씨의 검은 속셈을 상기하지 않을 수 없었다. 남한테는 저리 엄격하면서 자신이 남의 등을 치는 일쯤은 이해받아야 된다고 생각하는지도 몰랐다.

욕조를 들어다 제자리에 앉히는 일을 거든 것을 시작으로 하여 그는 마침내 임씨 밑에서 잡역부 노릇을 톡톡히 해내게 되었다. 아까 젊은 녀석이 겨우 그깐 일로 시간을 메우나 해서 영 시원찮던 잡부 일이란 게 막상 달려들어 해 보자니 보통 힘으로는 어려웠다. 우선 깨진 돌더미들을 부대에 담아 몇 차례 아래층까지 나르는 일만으로도 어깨가 뻐근했다. 계단을 서너 번 오르락

제비족(--族) 특별한 직업 없이 유흥가를 전전하며 돈 많은 여성에게 붙어사는 젊은 남자를 속되게 이르는 말.
상기하다(想起--) 지난 일을 돌이켜 생각하여 내다.

내리락하니까 벌써 러닝셔츠가 땀에 푹 젖어 버리고 말았다. 임씨가 사장님, 사장님 하면서도 시킬 일은 다 시키고 있는 것 같아 은근히 부아가 솟기도 하였다.

"사장님. 오늘 쉬지도 못하고 고생이 많습니다요. 어허, 이거 큰일이네. 저 땀 좀 봐요."

제 얼굴에 흐르는 땀은 모르는 듯 그의 얼굴에 맺힌 땀방울을 신기하게 바라보며 임씨는 싱겁게 웃어댔다. 시멘트와 모래를 져다 나르는 일도, 시멘트와 모래를 배합하는 일도 '사장님' 몫이고 임씨는 기술자답게 미장이 노릇만 해 나갔다. 그러다가 방수액이 모자라면 뛰어내려 가 건재상에 다녀와야 하고 욕조가 잘 붙도록 누르고 있으려면 한껏 팔을 뻗치고 있는 힘을 쏟아야 했다.

세 시가 지나서 아내가 막걸리 한 병에 안주를 마련해 왔으므로 그와 임씨는 비로소 허리를 펴고 일을 쉴 수가 있었다.

"일꾼들한테는 막걸리가 최고예요."

막걸리 한 병을 금방 비워 내고 임씨는 단걸음에 타일을 가져오겠다고 뛰어갔다. 안줏감으로 돼지고기를 볶아 온 아내에 대한 인사인지 아니면 겨울철의 연탄 장사를 위한 사전 공작인지 임씨는 막걸리를 마시면서 이렇게 말을 했다.

부아 노엽거나 분한 마음.
배합하다(配合--) 이것저것을 일정한 비율로 한데 섞어 합치다.
공작(工作) 어떤 목적을 위하여 미리 일을 꾸밈.

"사모님. 어디 시멘트 깨진 데 있음 말하십시요. 타일만 붙이면 일은 끝날 테고 여름 해도 기니 손을 봐 드립지요."

임씨가 나가고 나자 아내가 입을 비죽했다.

"자기도 양심이 있나 보지. 생돈을 그냥 먹으려니 찔리는 데가 있는 거예요."

"그게 아니고 내가 잡역부 노릇을 톡톡히 해 주어서 고맙다는 뜻이야. 이 사람은 그저 생각하는 것마다……."

"당신도 어느새 일꾼 심뽀 닮아 가는 것 아네요?"

어쨌거나 그들은 억울하게 생돈을 무느니 비가 많이 오면 물방울 떨어지는 소리가 들리곤 하던 안방 천장 부근의 옥상을 이 기회에 고쳐 보기로 의논을 마치었다. 비가 새는 부위만 깨부수고 방수를 하면 될 일이었으나 도배지까지는 번지지 않아* 그럭저럭 미루고 있던 참이었다.

타일을 깔고 어질러진 연장 뭉치들을 거두어 내는 것으로 목욕탕 보수 공사는 일단락을 지었다. 여섯 시가 가까운 시각이었으나 여름 해는 길어서 푸른 하늘이 선명히 올려다보였으므로 임씨는 군말 없이 옥상 방수를 해치울 차비를 차렸다. 임씨와 함께 물이 새는 부위를 어림짐작으로 찾아내어 망치질로 깨부수는 일을 시작하면서 그는 은근히 후회하였다. 몇 번의 망치질로도 어깻죽지의 힘줄이 잔뜩 땅기며 짜릿짜릿한 통증을 안겨

✽ 도배지까지는 번지지 않아 도배지까지는 빗물이 번지거나 얼룩이 지지 않아.

주었기 때문이었다.

　그러나 그것은 서막˙에 불과했다. 불과 한 평 남짓 깨부수었음에도 져 날라야 할 쓰레기는 서너 행보로는 턱없이 부족했고 그 자리를 메우기 위해서는 시멘트 두 포대와 모래가 등짐으로 다섯 번 이상이었다. 여덟 굽이의 계단을 오르는데 걸음을 옮길 때마다 아랫도리가 후들후들 떨려 왔다. 그렇다고 날은 곧 어두워질 텐데 임씨더러 혼자 하라고 내맡겨 놓을 수도 없는 노릇이었다. 경위˙야 어찌 되었든 견적에 나와 있지 않은 일을 해 주고 있는 탓에 그는 팥죽 같은 땀을 흘리면서 등짐을 져 날랐다.

　정말이지 아무나 할 수 있는 일이 아냐. 그는 영업부의 박찬성을 생각했다. 홍보실 발령˙을 받으면서 "이것 물먹이는˙ 것 아냐. 생판 모르는 일을 하라니 사람 놀리는 것도 아니고." 어쩌구 하며 죽을상을 지었더니 박찬성이 위로랍시고 하는 말이 이랬다. 군소리 없이 받들어 모셔야 해. 월급쟁이 노릇이 더럽다 더럽다 하지만 이 나이에 여기서 떨려 나면 솔직히 우리 신세가 뭐가 되겠어? 모은 돈이 있나, 재벌 처갓집이 있나, 묵혀 둔 땅덩이가 있나, 안 그래? 그렇다고 몸뚱이로 먹고살 수 있냐 하면 그것도 어림없어. 우리 몸뚱이는 이미 삭았어. 술에 삭고 눈치

서막(序幕) 일의 시작이나 발단.
경위(經緯) 일이 진행되어 온 과정.
발령(發令) 명령을 내림. 또는 그 명령. 흔히 직책이나 직위와 관계된 경우를 이름.
물먹다 시험에서 떨어지거나 직위에서 밀려 나다.

에 삭고 같잖은 지식에 삭고. 숟가락 들어올리는 일도 귀찮은 몸이야, 나는.

구구절절이˙ 옳은 말이었다. 생전 안 하던 일로 용˙을 쓰자니 머리가 다 띵할 지경이었다. 임씨는 아침부터 몸을 굴렸음에도 아직 끄떡없었다. 날씨가 더우니 땀이야 흘리고 있지만 그는 정말이지 일에 지쳐 있는 표정이 아니었다. 오늘이 광복절이지. 마치 광복군의 투사˙처럼 용감하군. 장사야 장사. 고려 시대에나 태어났더라면 서릿발 같은 기상의 용맹한 장군감이 틀림없을걸.

그는 임씨의 툭 불거진, 종아리의 힘찬 알통을 바라보며 속으로 중얼거렸다. 이 아무짝에도 필요 없는 분석력, 습관화된 늘어진 엿가락 같은 생각의 실타래 때문에 공연스레 머리가 무거운 거라고 그는 머리를 흔들어 대기도 했다. 그러면서도 생각은 어쩔 수 없이 또 꼬리를 문다.

일꾼들이 주인의 눈을 피해 일을 허술하게 하거나 망가뜨리는 게 사실은 저항의 한 형태가 아니었을까. 광복 이전의 일제시대에는 조센징 어쩌구 하는 냄새나는 게다짝˙ 때문에 더욱 일인들의 눈을 피해 일을 망치게 했던 건 아닐까. 그리고 광복 이후에는 사회의 구조적인 모순이 일꾼들을 그렇게 만든 건 아닐까.

구구절절(句句節節-) 말 한 마디 한 마디마다.
용 한꺼번에 모아서 내는 센 힘. 주로 '용을 쓰다' 구성으로 쓰인다.
투사(鬪士) 사회 운동 따위에서 앞장서서 투쟁하는 사람.
게다짝 '게다'는 '일본 사람들이 신는 나막신'을 이르는 말로, 여기에서의 '게다짝'은 '일본인'을 의미한다.

바로 오늘까지도 부유한 계층은 당당하게, 한 치의 의심도 없이 자신들의 부를 만끽하고 임씨처럼 막일을 하는 일꾼들은 또 그들대로 당당하게 공정을 무시하고 슬쩍슬쩍 눈가림을 한다. 그렇다면…….

임씨는 그의 머릿속에서 어떤 생각이 굴러가는지 알 바 없이 재빠른 솜씨로 방수액을 섞은 시멘트 배합물을 깨부숴 놓은 자리에 이겨 바르기에 여념이 없었다. 실내 공사야 관계없지만 일껏 방수를 해 놓고 굳기 전에 비라도 내리면 산통이 깨질 것이므로 그는 어두워 오는 하늘을 쳐다보았다. 여름 하늘이 노상 그렇듯 서너 장의 먹장구름이 둥싯 떠 있고 먹장구름 뒤로 물결 같은 잔구름이 남풍을 타고 흐르고 있었다. 여름날의 변덕 많은 날씨를 어찌 잡아 두랴 싶어서 그는 흙 묻은 손을 털었다. 임씨의 하는 일이 대충 마무리 단계인 듯싶어 담배나 한 대 피우며 쉬어 볼까 해서였다.

"여름엔 비도 잦은데 그러면 일을 못 해서 어쩝니까?"

"비가 오면 비가 오는 대로 할 일이 있습지요."

흙손을 내두르는 그의 손놀림이 더 빨라졌다. 어느새 주위가

만끽하다(滿喫--) 욕망을 마음껏 충족하다.
공정(工程) 한 제품이 완성되기까지 거쳐야 하는 하나하나의 작업 단계.
눈가림 겉만 꾸며 남의 눈을 속이는 짓.
이기다 가루나 흙 따위에 물을 부어 반죽하다.
⚜ 산통이 깨질 '산통(算筒)'은 '맹인이 점을 칠 때 쓰는, 산가지를 넣은 통'으로, '산통이 깨지다'는 '다 잘되어 가던 일이 뒤틀리다'의 의미이다.
산가지(算--) 대나무 등으로 만든, 숫자 계산을 할 때 쓰던 막대. 점을 치는 도구로도 사용된다.

군청 빛으로 어두워 오고 있었다.

"비가 오면 또 다른 벌이가 있어요?"

"비 오는 날엔 아침부터 가리봉동에 가야 합니다."

"가리봉동에?"

"예. 사장님은 몰라도 됩니다요. 암튼 비가 오면 난 가리봉동으로 갑니다."

임씨가 잠시 일손을 멈추고 알 수 없는 표정을 언뜻 지었다. 이렇게 힘든 일을 매일같이 계속했다면 비 오는 날 하루쯤은 쉬어야 할 게 아닌가, 라고 말해 주려다가 그는 입을 다물었다. 누군들 쉬고 싶지 않을 거냐는, 하루에 두 끼는 라면으로 배를 채우는 식구들을 거느린 가장으로서 어찌 비 오는 날이라 하여 아랫목에서 뒹굴기만 하겠느냐는 데 생각이 미쳤던 까닭이었다.

간단하게 여겼던 옥상의 공사는 의외로 시간을 끌었다. 홈통으로 물이 잘 빠질 수 있도록 경사면을 맞춰야 하는 것도 시간을 더디게 했고 깨 놓은 자리와 기왕의 자리의 이음새 사이로 물이 새지 않도록 면을 고르다 보니 조금씩 더 깨부숴야 하는 추가 부담도 잇따랐다. 이미 밤은 시작된 것이나 진배없어 이웃집들의 창문에 하나둘 불이 밝혀졌다. 그런데도 임씨는 만족한다 싶을 때까지는 일손을 놓고 싶지 않은 모양이었다. 이리 재

홈통(-桶) 물이 흐르거나 타고 내리도록 만든 물건. 나무, 대, 쇠붙이 등을 오목하게 골을 내거나 대롱을 만들어 쓴다.
경사면(傾斜面) 비스듬히 기울어진 면.

고 저리 재고, 그러고도 모자라 이왕 덮어 놓은 곳을 한 번에 으깨어 버리고 또 새로 흙손질을 거듭하곤 했다. 옆에서 보고 있자니 임씨는 도무지 시간 가는 줄을 모르는 사람 같았다.

몇 번씩이나 옥상에 얼굴을 디밀고 일의 진척˙ 상황을 살피던 아내도 마침내 질렸다는 듯 입을 열었다.

"대강 해 두세요. 날도 어두워졌는데 어서들 내려오시라구요."

"다 되어 갑니다, 사모님. 하던 일이니 깨끗이 손봐 드려얍지요."

다시 방수액을 부어 완벽을 기하고 이음새 부분은 손가락으로 몇 번씩 문대어 보고 나서야 임씨는 허리를 일으켰다. 임씨가 일에 몰두해˙ 있는 동안 그는 숨소리조차 내지 않고 일하는 양을 지켜보았다. 저 열 손가락에 박힌 공이의 대가가 기껏 지하실 단칸방만큼의 생활뿐이라면* 좀 너무하지 않나 하는 안타까움이 솟아오르기도 했다. 목욕탕 일도 그러했지만 이 사람의 손은 특별한 데가 있다는 느낌이었다. 자신이 주무르고 있는 일감에 한 치의 틈도 없이 밀착되어 날렵하게 움직이고 있는 임씨의 열 손가락은 손가락 이상의 그 무엇이었다. 처음에는 이 사

진척(進陟) 일이 목적한 방향대로 진행되어 감.
몰두하다(沒頭--) 어떤 일에 온 정신을 다 기울여 열중하다.
✤ 저 열 손가락에 박힌 공이의 대가가 기껏 지하실 단칸방만큼의 생활뿐이라면 열 손가락에 굳은살이 생길 정도로 열심히 일했지만 정당한 대가를 받지 못하고 지하실 단칸방 신세를 벗어나지 못할 만큼 가난하다면.

내가 견적대로의 돈을 다 받기가 민망하여 우정˙ 지어내 보이는 열정이라고 여겼었다. 옥상 일의 중간에 잠시 집에 내려갔을 때 아내도 그런 뜻을 표했다.

"예상 외로 옥상 일이 힘드나 보죠? 저 사람도 이제 세상에 공돈은 없다는 사실을 깨달았을 거예요."

하지만 우정 지어낸 열정으로 단정한다면 당한 쪽은 되레 그들이었다. 밤 여덟 시가 지나도록 잡역부 노릇에 시달린 그도 고생이었고, 부러 만들어 시킨 일로 심적 부담을 느끼기 시작한 그의 아내 역시 안절부절못했으니까.

아내는 기다리는 동안 술상을 보아 놓고 있었다. 손발을 씻고 계단에 나가 옷의 먼지를 털고 들어온 임씨는 여덟 시가 넘어선 시간을 보고 오히려 그들 부부에게 미안해하였다.

"시간이 벌써 이리 되었남요? 우리 사모님 오늘 너무 늦게까지 이거 고생이 많으십니다요. 사장님이야 더 말할 것도 없구, 참 죄송하게 되었습니다."

안방에서 아이들을 보고 있던 노모가 대신 임씨의 노고를 치하해 주었다.

"젊은 사람이 일도 엄청 잘하네. 늦으문 낼 하고 쉬었다 하모 좋을 끼고만 일 무서븐 줄 모르는 걸 보이 앞으로는 잘살 끼요."

우정 '일부러'의 사투리.

노모의 덕담을 임씨는 무릎을 꿇고 두 손을 짚은 채 들었다.

"내사 예수 믿는 사람이라 남자들 술 마시는 꼴은 앵꼽아서 못 보지만 그렇기 일하고는 안 마실 수 없겠구마는. 나는 고마 들어가 있을 테이 좀 쉬었다 가소."

노모가 방문을 닫고 들어가자 임씨는 그가 부어 주는 술을 두 손으로 황감히 받쳐 들고 조심스레 목울대로 넘겼다.

"이거 왜 이러십니까. 편히 드십시다. 나이도 서로 엇비슷할 텐데 말이오."

그렇게 말은 했어도 그는 임씨의 나이가 그보다 훨씬 많으면 왠지 괴롭겠다는 기분을 지울 수가 없었다. 찬바람이 불면 다시 온몸에 검댕 칠을 하는 연탄 배달에 나서야 하고 여름이 오면 정식으로 간판 달고 일하는 설비집 동료들이 손이 달려야만 넘겨주는 일감에 매달려 하루 벌어 하루 먹고 사는 저 사내의 앞날이 창창하다는 게 위안이 될는지 그것도 모를 일이긴 했다.

"사장님은 금년 몇이시지요? 저는 토끼띠, 서른여섯 아닙니까?"

임씨가 서른여섯에 토끼띠라면 그는 서른다섯의 용띠였다. 옆에 앉아서 지갑을 열었다 닫았다 하던 아내가 얼른 "이 양반

앵꼽다 '아니꼽다'의 사투리.
황감히(惶感-) 황송하고 감격스럽게.
검댕 그을음이나 연기가 엉겨 생기는, 검은 물질.
✤ 손이 달려야만 일을 하는 사람이 부족할 때만.
창창하다(蒼蒼--) 앞길이 멀어서 아득하다.

은……." 하고 나서는 것을 그가 가로챘다.

"그래요? 나도 토끼띠지요. 서로 동갑이군요."

아내가 기가 막히다는 표정으로 그를 쳐다보았지만 그는 아랑곳하지 않고 동갑 기념이라고 또 한 잔의 술을 그의 잔에 넘치도록 부었다. 한 살 정도만 보태는 것으로 거짓말의 양을 줄일 수 있는 것이 몹시 다행스러웠다.

"토끼띠 남자들이 원래 팔자가 드센 편 아닙니까요? 여자 토끼띠는 잘사는데 요상하게 우리 나이 토끼띠 남자들은 신수가 고단터라 이 말씀입니다. 헌데 사장님은 용케 따시게 사시니 복이 많으십니다."

저런. 그는 속으로 머쓱했다.

토끼띠가 어쩌고 해쌌는 게 아무래도 아슬아슬했던지, 아니면 준비한 술이 바닥나는 게 보였던지 아내가 단호하게 지갑을 열었다.

"돈 드려야지요. 그런데……."

아내는 뒷말을 못 잇고 그의 얼굴을 말끄러미 올려다보았다. 그는 술잔을 들어올리며 짐짓 아내를 못 본 척했다. 역시 여자는 할 수 없어. 옥상 일까지 시켜 놓고 돈을 다 내주기가 아깝다는 뜻이렷다. 그는 아내가 제발 딴소리 없이 이십만 원에서 이만 원이 모자라는 견적 금액을 다 내놓기를 대신 빌었다. 그때

신수(身數) 한 사람의 운수.

임씨가 먼저 손을 휘휘 내젓고 나섰다.

"사모님. 내 뽑아 드린 견적서 좀 줘 보세요. 돈이 좀 달라질 겁니다."

아내가 손에 쥐고 있던 견적서를 내밀었다. 인쇄된 정식 견적 용지가 아닌, 분홍 밑그림이 아른아른 내비치는 유치한 편지지를 사용한 그것을 임씨가 한참씩이나 들여다보았다. 그와 그의 아내는 임씨의 입에서 나올 말에 주목하여 잠깐 긴장하였다.

"술을 마셨더니 눈으로는 계산이 잘 안 되네요."

임씨는 분홍 편지지 위에 엎드려 아라비아 숫자를 더하고 빼고, 또는 줄을 긋고 하였다.

그는 빈 술병을 흔들어 겨우 반 잔을 채우고는 서둘러 잔을 비웠다. 임씨의 머릿속에서 굴러다니고 있을 숫자들에 잔뜩 애를 태우고 있는 스스로가 정말이지 역겨웠다.✲

"됐습니다, 사장님. 이게 말입니다. 처음엔 파이프가 어디서 새는지 모르니 전체를 뜯을 작정으로 견적을 뽑았지요. 아까도 말씀드렸지만 일이 썩 간단하게 되었다 이 말씀입니다. 그래서 노임✲에서 사만 원이 빠지고 시멘트도 이게 다 안 들었고, 모래도 그렇고, 에, 쓰레기 치울 용달차도 빠지게 되죠. 방수액도 타일도 반도 못 썼으니 여기서도 요게 빠지고 또······."

✲ 임씨의 머릿속에서 ~ 정말이지 역겨웠다 '그'는 공사비와 품삯을 계산하고 있는 임씨가 얼마를 달라고 할지, 그 금액에 신경을 쓰는 자신이 너무 싫었다.
노임(勞賃) 품삯. '노동 임금'을 줄여 이르는 말.

임씨가 볼펜 심으로 쿡쿡 찔러 가며 조목조목 남는 것들을 설명해 갔지만 그의 귀에는 제대로 들리지 않았다. 뭔가 단단히 잘못되었다는 기분, 이게 아닌데, 하는 느낌이 어깨의 뻐근함과 함께 그를 짓누르고 있을 뿐이었다.

"그렇게 해서 모두 칠만 원이면 되겠습니다요."

선언하듯 임씨가 분홍 편지지를 아내에게 내밀었다. 놀란 것은 그보다 아내 쪽이 더 심했다. 그녀는 분명 칠만 원이란 소리가 믿기지 않는 모양이었다.

"칠만 원요? 그럼 옥상은……."

"옥상에 들어간 재료비도 여기에 다 들어 있습니다. 그거야 뭐 몇 푼 되나요."

"그럼 우리가 너무 미안해서……."

아내가 이번에는 호소하는 눈빛으로 그를 쳐다보았다.* 할 수 없이 그가 끼어들었다.

"계산을 다시 해 봐요. 처음에는 십팔만 원이라고 했지 않소?"

"이거 돈을 더 내시겠다 이 말씀입니까? 에이, 사장님도. 제가 어디 공일* 해 줬나요. 조목조목 다 계산에 넣었습니다요. 옥상 일한 품삯은 지가 써비스로다가……."

✤ 아내가 이번에는 호소하는 눈빛으로 그를 쳐다보았다 처음에는 일한 것보다 공사비가 많아 임씨에게 부정적인 시선을 보내던 '그'의 아내는, 막상 임씨가 다시 계산한 공사비를 받고는 그 액수가 예상보다 너무 적게 나오자 당황해서 어찌해야 할지 몰라 '그'를 쳐다보았다.
공일(空-) 보수를 받지 않고 거저 하는 일.

"써비스?"

그는 아연해서 임씨의 말을 되받았다.

"그럼요. 저도 써비스할 때는 써비스도 하지요."

그는 입을 다물어 버렸다. 뭐라 대꾸할 말이 없었다.

"토끼띠이면서도 사장님이 왜 잘사는가 했더니 역시 그렇구만요. 다른 집에서는 노임 한 푼이라도 더 깎아 보려고 온갖 트집을 다 잡는데 말입니다. 제가요, 이 무식한 노가다가 한 말씀 드리자면요, 앞으로 이 세상 사시려면 그렇게 마음이 물러서는 안 됩니다요. 저는요, 받을 것 다 받은 거니까 이따 겨울 돌아오면 우리 연탄이나 갈아 주세요."

임씨는 아내가 내민 칠만 원을 주머니에 쑤셔 넣고 자리에서 일어섰다.

그는 일 층 현관까지 내려가 임씨를 배웅하기로 했다. 어두워진 계단을 앞서거니 뒤서거니 내려가면서 임씨는 연장 가방을 몇 번이나 난간에 부딪혔다. 시원한 밤공기가 현관 앞을 나서는 두 사람을 감쌌고 그는 무슨 말로 이 사내를 배웅할 것인가를 궁리해 보았다. 수고했다는 말도, 고맙다는 말도 이 사내의 그 '써비스'에 대면 너무 초라하지 않을까. 그때 임씨가 돌연 그의 팔목을 꽉 움켜잡았다.

아연하다(啞然--) 너무 놀라거나 어이가 없어서 또는 기가 막혀서 입을 딱 벌리고 말을 못하는 상태이다.

"사장님요, 기분도 그렇지 않은데 제가 맥주 한잔 살게요. 가십시다."

임씨는 백열전구로 밝혀 놓은 형제 슈퍼의 노천˙ 의자를 가리키고 있었다.

"맥주는 내가 사지요."

"아니요. 제가 삽니다."

"좋소. 누가 사든 가 봅시다."

그들은 형제 슈퍼의 김 반장에게 맥주 세 병을 시켰다.

"워따메, 두 분이 어디서 그러코롬 일 차를 하셨당가요."

전라도 부안이 고향이라는 김 반장은 기분이 좋았다 하면 진짜 토박이말로 사람을 어르는 재주가 있었다.

"맥주도 좋소만, 임씨 아저씨 우리 외상값부텀 갚아 주셔야 쓰겄당게."

임씨는 두말없이 외상값 천삼백 원을 갚아 주고는 기세 좋게 쥐포 세 마리 구워 오라고 이른다.

"사장님요. 뭐 다른 안주도 시키십쇼."

임씨가 그를 보았다.

"어따, 동갑끼리 사장은 무슨 사장님. 오늘 종일 그 말 듣느라고 혼났어요. 말 놓으십시다."

그가 거품이 넘치는 잔을 내밀며 큰소리를 쳤다. 임씨가 잠시

노천(露天) 사방, 상하를 덮거나 가리지 아니한 곳. 곧 집채의 바깥을 이름.

아연한 눈길로 그를 바라보았다.

"좋수다, 형씨. 한잔 하십시다."

임씨가 호기를 부리며 소리 나게 잔을 부딪쳤다.

"그렇지, 그렇지. 다 같은 토끼 새끼 주제에 무슨 얼어 죽을 사장이야!"

그의 허세도 임씨 못지않았으므로 이윽고 두 사람은 주거니 받거니 술잔을 비우기 시작하였다.

"내가 이래 배도 자식 농사는 꽤 지었지요."

임씨는 자신의 아들딸이 네 명이란 것, 큰놈은 국민학교 4학년인데 공부를 썩 잘하고 둘째 딸년은 학교 대표 농구 선수인데 박찬숙 못지않을 재주꾼이라고 자랑했다.

"그놈들 곰국 한 번 못 먹인 게 한이오, 형씨. 내 이번에 가리봉동에 가면 그 녀석 멱살을 휘어잡아야지."

임씨가 이빨 사이로 침을 찍 뱉었다. 뭐 맛있는 거나 되는 줄 알고 김 반장의 발바리 새끼가 쪼르르 달려왔다.

"가리봉동에 가면 곰국이 나와요?"

임씨가 따라 주는 잔을 받으면서 그는 온몸을 휘감는 술기운

호기(豪氣) 꺼드럭거리는 기운.
  꺼드럭거리다 거만스럽게 잘난 체하며 자꾸 버릇없이 굴다.
허세(虛勢) 실속이 없이 겉으로만 드러나 보이는 기세.
국민학교(國民學校) '초등학교'의 전 용어.
박찬숙 1970년대 여자 국가 대표 농구 선수.
휘감다 어떤 감정이나 분위기 따위가 무엇을 휩싸다.

에 문득 머리를 내둘렀다. 아까부터 비 오는 날에는 가리봉동에 간다는 임씨의 말이 술기운과 더불어 떠올랐다.

"곰국만 나오나. 큰놈 자전거도 나오고 우리 농구 선수 운동화도 나오지요. 마누라 빠마 값도 쑥 빠집니다요. 자그마치 팔십만 원이오, 팔십만 원. 제기랄. 쉐타 공장 하던 놈한테 일 년 내 연탄을 대 줬더니 이놈이 연탄 값 떼어먹고 야반도주 했어요. 공장이 망했다고 엄살을 까길래, 내 마음인들 좋았겠소. 근데 형씨, 아, 그놈이 가리봉동에 가서 더 크게 공장을 차렸지 뭡니까. 우리네 노가다들, 출신이 다양해서 그런 소식이야 제꺼덕 들어오지, 뭐."

"그럼 받아야지, 암. 받아야 하구말구."

그는 딸꾹질을 시작했다. 임씨에게 술을 붓는 손도 정처 없이 흔들렸다. 그에 비하면 임씨의 기세 좋은 입만큼은 아직 든든하다.

"누군 받기 싫어 못 받수. 줘야 받지. 형씨, 돈 있는 놈은 죄다 도둑놈이오. 쫓아가면 지가 먼저 울상이네. 여공들 노임도 밀렸다, 부도가 나서 그거 메우느라 마누라 목걸이까지 팔았다

야반도주(夜半逃走) 남의 눈을 피하여 한밤중에 도망함.
여공(女工) 공장에서 일하는 여자.
부도(不渡) 어음이나 수표를 가진 사람이 기한이 되어도 어음이나 수표에 적힌 돈을 지급받지 못하는 일.
  어음 일정한 금액을 일정한 날짜에 치를 것을 약속하거나 제삼자에게 그 지급을 위탁하는 유가 증권.

고 지가 먼저 성깔 내."

"쥑일 놈."

그는 스웨터 공장 사장을 눈앞에 그려 본다. 빤질빤질한 상판에 배는 툭 불거져 나왔겠지.

"그게 작년 일인데, 형씨 올 여름에 비가 오죽 많았소. 비만 오면 가리봉동에 갔지요. 비만 오면 갔단 말이오."

"아따, 일 년 삼백육십오 일 비 오는 날은 쌔고 쌨는디 머시 그리 걱정이당가요?"

김 반장이 맥주를 새로 가져오며 임씨를 놀려 먹었다.

"시끄러, 인마. 비가 와야 가리봉동에 가지, 비가 와야……."

"해 뜨는 날은 돈 벌어서 좋고, 비 오는 날은 돈 받아서 좋고, 조오타!"

김 반장이 젓가락으로 장단까지 맞추자 임씨는 김 반장 엉덩이를 찰싹 갈긴다.

"형씨, 형씨는 집이 있으니 걱정할 것 없소. 토끼띠면 어쩔 거여. 집이 있는데, 어디 집값이 내리겠소?"

"저런 것도 집 축에 끼나……."

이번엔 또 무슨 까탈을 일으킬 것인지, 시도 때도 없이 돈을 삼키는 허술한 집이라고 대꾸하려다가 임씨의 말에 가로채어

상판(相-) 상판대기. '얼굴'을 속되게 이르는 말.
까탈 '가탈'의 센말. 일이 순조롭게 나아가는 것을 방해하는 조건.

서 그는 입을 다물었다.

"난 말요, 이 토끼띠 사내는 말요, 보증금 백오십만 원에 월세 삼만 원짜리 지하실 방에서 여섯 식구가 살고 있소. 가리봉동 그 새끼는 곧 죽어도 맨션아파트*요, 맨션아파트!"

임씨는 주먹을 흔들며 맨션아파트라고 외쳤는데 그의 귀에는 꼭 맨손아파트처럼 들렸다.

"돈 받으러 갈 시간도 없다구. 마누라는 마누라대로 벽돌 찍는 공장에 나댕기지, 나는 나대로 이 짓 해서 벌어야지. 그래도 달걀 후라이 한 개 마음 놓고 못 먹는 세상!"

임씨의 목소리가 거칠어졌다. 술이 너무 과하지 않나 해서 그는 선뜻 임씨에게 잔을 돌리지 못하고 있었다.

"돌고 돌아서 돈이라고? 돌고 도는 돈 본 놈 있음 나와 보래! 우리 같은 신세는 평생 이 지랄로 끝장이야. 돈? 에이! 개수작 말라고 해."

임씨가 갑자기 탁자를 내리쳤다. 그 바람에 기우뚱거리던 맥주병이 기어이 바닥으로 나뒹굴면서 요란한 소리를 내었다.

"참고 살다 보면 나중에는……."

"모두 다 소용없는 일이야!"

임씨의 기세에 눌려 그는 또 말을 맺지 못하고 입을 다물었

맨션아파트 큰 저택이란 뜻으로, 여기에서는 고급 아파트를 이름.

다. 나중에는 임씨 역시 맨션아파트에 살게 되고 달걀 프라이쯤은 역겨워서, 곰국은 물배만 채우니 싫어서 갖은 음식 타박에 비 오는 날에는 양주나 찔끔거리며 사는 인생이 될 것이다, 라고 말할 수는 없었다. 천 번 만 번 참는다고 해서 이 두터운 벽이, 오를 수 없는 저 꼭대기가 발밑으로 걸어와 주는 게 아님을 모르는 사람이 그 누구인가.

그는 임씨의 핏발 선 눈을 마주 보지 못하였다. 엉터리 견적으로 주인 속이는 일꾼이라고 종일토록 의심하며 손해 볼까 두려워 궁리를 거듭하던 꼴을 눈치채이지는 않았는지, 아무래도 술기운이 확 달아나 버리는 느낌이었다. 제아무리 탄탄해도 라면 가닥으로 유지되는 사내의 몸뚱이는 술 앞에서 이미 제 기운을 잃고 있음이 분명했다. 임씨의 몸이 자꾸만 한쪽으로 쏠리는 것을 보면서 그는 점차 술이 깨고 있었다.

"어떤 놈은 몇억씩 챙겨 먹고 어떤 놈은 한 달 내내 뼈품을 팔아도 이십만 원 벌이가 달랑달랑한데, 외제 자가용 타고 다니며 꺼덕거리는 놈, 룸싸롱에서 몇십만 원씩 팁 뿌리는 놈은 무슨 재주로 그리 사는 거야? 죽일 놈들. 죽여! 죽여!"

임씨의 입에 거품이 물렸다.

"비싼 술 잡숫고 왜 이런당가요, 참으시오. 임씨 아저씨. 쪼

타박 허물이나 결함을 나무라거나 핀잔함.
뼈품 뼈가 휠 만큼 들이는 품.

매 참으시오."

김 반장이 냉큼 달려들어 빈 술병과 잔들을 챙겨 갔다. 임씨는 탁자에 고개를 처박고서 연신 죽여,를 되뇌고 그는 속수무책°으로 사내의 빛바랜 얼굴만 쳐다보았다. 아무리 생각해도 저 '죽일 놈들' 속에는 그 자신도 섞여 있는 게 아니냐는, 어쩔 수 없는 괴리감°이 사내의 어깨에 손을 대지 못하게 막고 있었다.

"겨울 돼 봐요. 마누라나 새끼나 왼통 검댕 칠이지. 한 장이라도 더 나르려니까 애새끼까지 끌고 나오게 된단 말요. 형씨, 내가 이런 사람입니다. 처자식들 얼굴에 검댕 칠 묻혀 놓는, 그런 못난 놈이라 이 말입니다……."

임씨의 등등하던° 입술도 마침내 술에 젖는 모양이었다. 말이 제대로 입 밖으로 빠져나오지 못하니까 임씨는 자꾸 입술을 쥐어뜯었다.

"나 말이오. 이번에 비만 오면 가리봉동에 가서 말이요……."

임씨가 허전한 눈길로 그를 쳐다보았다. 목소리도 한결 풀기° 없이 처져 있다.

"그 자식이 돈만 주면……, 돈만 받으면, 그 돈 받아 가지고 고향으로 갈랍니다."

속수무책(束手無策) 손을 묶은 것처럼 어찌할 도리가 없어 꼼짝 못함.
괴리감(乖離感) 서로 어그러져 동떨어진 느낌.
등등하다(騰騰--) 기세가 무서울 만큼 높다.
풀기(-氣) 드러나 보이는 활발한 기운.

"고향엘요?"

"예. 고향으로 갑니다. 내 고향으로······."

공이 박힌 손가락으로 머리칼을 쥐어뜯으며 임씨는 훌쩍훌쩍 울기 시작했다.

"에이, 이 아저씨는 술만 마셨다 하면 꼭 울고 끝을 보더라. 버릇이라구요, 술버릇."

가게 안에서 내다보고 있던 김 반장이 임씨에게 머퉁이를 주었다. 그래도 임씨는 쫓겨난 아이처럼 울음을 그치지 않았고, 그는 오줌이라도 마렵다는 듯이 슬그머니 자리를 떠서 김 반장에게 술값을 치렀다. 돈을 치르고 나니 진짜로 오줌이 마려워서 그는 형제 슈퍼 건너편의, 불빛이 닿지 않는 공터로 슬슬 걸어갔다. 그때 어둠 속에서 누군가가 그를 스쳐 지나갔다. 으악. 으악. 손바닥을 탁 치면 기다렸다는 듯이 목을 뚫고 비명처럼, 혹은 탄식처럼 으악 소리가 튀어나왔다. 으악새 할아버지였다. 노인은 그가 일을 다 볼 때까지도 공터 주변을 어슬렁거리면서 연신 괴로운 소리를 뱉어 내었다. 으악 으악.

옷을 추스르며 뒤돌아보니 백열전구 불빛 아래 혼자 동그마니 앉은 임씨가 아직껏 머리칼을 쥐어뜯으며 취한 몸을 가누지 못하고 있었다. 이름은 모르지만 낯익은 동네 사람들이 형제 슈퍼를 향해 줄달음쳐 오다가는 그런 임씨를 발견하고 흘깃흘깃

동그마니 사람이나 사물이 외따로 오뚝하게 있는 모양.

훔쳐보며 가게로 들어갔다.

 밤도 꽤 깊었으리라. 광복절 공휴일도 이제 마감이었다. 가슴이 답답했다. 남은 일은 집으로 돌아가서 나무토막처럼 쓰러져 꿈 없는 잠을 기다리는 것뿐이었다.✻ 하늘엔 별이 총총하고 아마도 내일은 비가 오지 않을 것이었다. 어둠 속을 서성이던 으악새 할아버지도 하늘을 올려다보았는지 손뼉을 탁 치면서 으악, 짧게 울었다.

■ 「세계의 문학」(1986) ; 『원미동 사람들』(문학과지성사, 1987)

✻ 꿈 없는 잠을 기다리는 것뿐이었다 이 구절은 '너무나 피곤해서 꿈도 꾸지 않고 잠이 든다'와 '꿈, 즉 미래에 대한 희망 없이 하루를 마감하고 잠자리에 든다'의 두 가지 의미로 해석할 수 있다.

비 오는 날이면 가리봉동에 가야 한다

●등장인물 들여다보기

그(은혜 아버지)

'그'는 서울에서 떠돌아다니다가 전세방 생활을 청산하고 변두리 도시인 경기도 부천시 원미동에 연립 주택을 사서 입성한 소시민입니다. 처음에는 내 집을 마련했다고 흐뭇해했지만, 부천에서의 삶에 뿌리내리지 못하고 여전히 서울에 대한 미련을 품은 채 살고 있습니다. 어엿하게 '서울의 중심가에 직장을 둔 월급쟁이'지만 서울에 정착하지 못했다는 상대적 박탈감은 공사판 막일 등으로 살아가는 원미동 주민들과 자신을 구별 짓는 어쭙잖은 차별 의식으로 나타납니다. '그'는 목욕탕 공사를 하러 온 임씨에 대해서도 처음에는 재료비나 품삯을 속이지나 않을까 의심합니다. 하지만 성실하게 자기 일을 하는 임씨를 보고 그런 생각을 한 자신을 반성하게 됩니다.

곧 '그'의 불신감은 이제 갓 중산층에 진입한 자의 허위의식에서 비롯된 것이고, '그'의 반성은 노동에 충실한 하층 계급의 진정성을 깨닫게 되면서 이루어집니다.

처음에는 자신이 임씨와는 다른 처지임을 강조하던 '그'가, 나중에는 임씨와 나이가 같지 않은데도 같다고 속여 가면서까지 같은 처지임을 주장하는 것은, 소시민의 오만과 불신을 부끄러워한 데서 비롯된 것입니다.

| 임씨

임씨는 이농민 출신으로 겨울에는 연탄 배달, 다른 계절에는 막노동으로 가족을 부양하고 생계를 이어 가는 인물입니다.

임씨의 이력은 한국 사회에서 도시 하층민이 겪어 온 삶을 압축해 놓은 것 같습니다. 농사를 짓다가 돈을 벌기 위해 서울로 올라왔고, 배운 게 없다 보니 연탄 배달이나 막노동과 같은 비정기적인 노동을 하면서 월세 단칸방에서 살아가고, 그나마 번 돈은 떼이기 일쑤입니다. 도시 생활은 임씨와 그의 가족을 계속해서 가난의 상태로 몰아가고, 계층의 벽은 높기만 합니다. 임씨의 유일한 희망은 떼인 돈을 받아서 고향으로 돌아가는 것입니다.

임씨는 눈앞의 이익만 추구하는 도시 사람들과는 달리 순박한 농민적 정서를 가지고 있으며, 도시 하층민의 정직한 노동과 삶의 애환을 보여 주는 인물이라고 할 수 있습니다.

● 작품 Q&A

"선생님, 궁금해요!"

Q 이 작품의 시간적, 공간적 배경을 설명해 주세요.

A 〈원미동 시인〉과 마찬가지로 시간적 배경은 1980년대, 공간

적 배경은 경기도 부천시 원미동입니다. 구체적으로는 목욕탕 수리 공사를 하게 된 광복절 하루 동안, '그'의 연립 주택과 근처 슈퍼에서 벌어진 일을 기록하고 있습니다. 이 하루 동안 '그'는 임씨의 정직한 노동을 목격하고, 임씨의 사연을 들으면서 자신보다 처지가 못한 사람이라고 무조건 임씨를 불신했던 자신의 오만한 태도를 부끄러워하게 됩니다. 아침부터 저녁까지 시간의 흐름에 따라 '그'와 아내가 임씨에 대해 가지는 생각이 불신에서 신뢰로, 오만함에서 연민과 공감으로 바뀌는 것을 알 수 있습니다.

작품 속에서 직접적인 사건이 벌어지는 공간은 아니지만 임씨의 입을 통해 자주 언급되는 곳으로 '가리봉동'이 있습니다. 이 작품의 제목에도 등장하는 '가리봉동'은 임씨의 연탄 값을 떼어먹고 야반도주한 스웨터 공장 사장이 사업을 하는 장소입니다. 비 오는 날이면 그 사장에게 못 받은 연탄 값 팔십만 원을 받으러 다니는 임씨에게 '가리봉동'은 도시에서의 고달픈 삶을 마감하고 고향으로 가는 데 필요한 밑천을 찾을 수 있는 곳입니다. 그런 점에서 임씨에게 고향은 마지막 희망을 상징하는 공간이고, '가리봉동'은 그곳으로 돌아가기 위해 꼭 거쳐 가야 할 장소라고 할 수 있습니다.

그런데 이 '가리봉동'은 한국 현대사를 이해할 때에도 중요한 의미가 있는 공간입니다. 이 작품이 발표되었던 1980년대에 가리봉동은 구로 공단이라 불리던 수출 산업 단지에서 일하는 가난한 여성 노동자들이 살았던 곳입니다. 이들은 대부분의 월급을 시골에 있는 가족들에게 보내고 생활비를 아끼기 위해 함께 모여 살곤 했는데, '가리봉동'에는 그렇게 살기에 적당한 다가구 연립 주택이 밀집해 있었습니다. 그런데 산업 단지가 철수하고, 노동자들도 떠난 현재 이곳은 돈을 벌기 위해 국내에 체류하는 조선족 동포들이 모여 사는 집단 거주지로 바뀌었습니다. 방세가 싸다는 이유 때문에 한 푼이라도 돈을 더 모아서 고향인 중국으로 돌아가고자 하는 중국 동포들이 생활하고, 일자리 정보도 교환하는 공간이 된 것이지요.

Q '그'는 처음에는 임씨를 믿지 못하다가 나중에는 친근하게 대하게 됩니다. 심지어 임씨와 동질감을 느끼기도 합니다. '그'의 태도 변화에 대해서 설명해 주세요.

A '그'는 서울에서의 전세방 생활을 청산하고 부천시 원미동에 연립 주택을 사서 정착했지만 여전히 서울에 대한 미련을 버리지 못하고 있습니다. 작품의 앞부분에서 '그'의 마음속에는 서울에서 안정된 직장을 다니고 있지만 변두리 도시까지 밀려오면서 느끼는 열등감(혹은 소외감)과, 원미동에서 생계를 유지하며 살아가는 소상인이나 하층민과 자신의 처지는 다르다는 데서 오는 우월감이 섞여 있습니다. 또 임씨같이 하루 벌어 생계를 유지하는 일용 잡부직이 자기같이 순진한 집주인을 속일지도 모른다고 의심합니다. 하지만 임씨는 한 푼이 아쉬운 처지임에도 불구하고 서비스까지 제공한 후 정확하게 노임을 계산합니다. '그'는 엉터리 견적으로 주인을 속일지도 모른다고 하루 종일 임씨를 의심했던 자신의 소심하고 이기적인 속내를 부끄러워합니다.

이처럼 이 작품에서는 '그'와 '그'의 아내가 갖고 있는 중산층의 계층 의식과 그에 대한 반성을 주로 보여 주고 있습니다.

작품의 뒷부분에서 '그'는 농촌에서 도시로 이주해 와 여러 직업을 전전했지만 여전히 가난을 벗어나지 못했다는 임씨의 사연을 듣게 됩니다. '그'는 가방끈도 짧고 물려받은 재산도 없는 임씨 같은 하층 계급이 아무리 노력해도 한국 사회의 두터운 계급의 벽을 뚫기 어렵다는 것을 알고 있으므로 임씨에게 아무런 말도 하지 못합니다.

　이처럼 '그'는 임씨와의 하루 노동을 경험하면서 하층 계급에 대한 불신에서 벗어나, 세속적인 욕망에 충실한 소시민으로 살아가던 자신의 삶에 대해 반성하게 됩니다. 또한 임씨와 자신은 다른 삶을 살고 있다는 구별과 차별 의식에서 변화하여, 임씨와 같은 나이라고 우기면서까지 그와의 동질성을 찾고자 합니다. 이는 임씨에 대한 불신과 오만이 임씨의 정직함 앞에서 부끄러움으로 바뀌었기 때문일 것입니다. 이런 반성 내지 부끄러움의 감정, 연민과 동질감 형성을 통해 자신보다 낮은 계층에 대한 이해와 희망의 가능성을 발견했다는 점에서 '그'의 태도 변화는 의미가 있습니다.

Q 임씨는 성실하게 일하는데도 왜 가난에서 벗어나지 못하는 것일까요? 작가가 임씨와 같은 인물을 통해 독자에게 말하고자 하는 바는 무엇일까요?

A 임씨는 1980년대 당시 더 나은 경제적 조건이나 아이들의 교육을 위해 고향을 떠나 도시로 이주했으나, 배운 것이나 돈이 없이 낯설고 의지할 곳도 없는 도시 변두리에서 어렵게 살아가던 이농민의 삶을 대변하는 인물입니다.

현재 임씨는 "찬바람이 불면 다시 온몸에 검댕 칠을 하는 연탄 배달에 나서야 하고 여름이 오면 정식으로 간판 달고 일하는 설비집 동료들이 손이 달려야만 넘겨주는 일감에 매달려 하루 벌어 하루 먹고 사는" 막일꾼입니다. 또, "보증금 백오십만 원에 월세 삼만 원짜리 지하실 방에서 여섯 식구가 살고" 있을 정도로 가난합니다. 그렇게 임씨는 한 푼이 아쉬운 처지인데도 목욕탕 수리뿐만 아니라 옥상 방수 일까지 덤으로 마무리해 준 뒤 노임까지 정확하게 계산함으로써, '그'와 '그'의 아내의 괜한 오해와 의심을 풀어 줍니다.

 이렇게 열심히 일을 하는 사람에게는 정당한 대가가 따라야 하지만 작품 속 현실은 그렇지 않습니다. 이 작품에서는 임씨에게 줄 연탄 값을 떼먹고도 아무렇지도 않게 사업을 계속하면서 맨션아파트에 살고 외제 자동차를 타고 다니는 스웨터 공장 사장과, 하루라도 더 돈을 벌기 위해 일이 없는 '비 오는 날'에만 돈을 받으러 '가리봉동'에 가는 임씨의 처지가 대조적으로 제시됩니다. 즉, 현실은 가난한 자는 더 가난해지고, 부자는 비도덕적인 방법으로라도 부를 유지하는 모순으로 가득 차 있습니다.

 임씨에게 남은 희망은 악덕 사업주인 스웨터 공장 사장에게 밀린 연탄 값을 받아서 고향으로 돌아가는 것입니다. 고향인 농촌은 임씨와 같은 사람이 자신의 순진함과 정직함을 지킬 수 있는 공간이라 할 수 있습니다. 그러나 임씨가 과연 고향에 돌아갈 수 있을지에 대해서 작가는 말하지 않습니다. 돌아갈 고향이 임씨가 그리워하던 대로 이상적인 공간인지도 의심스럽습니다. 1980년대의 농촌 역시 도시 위주의 개발 정책으로 인해 살기 힘들기는 마찬가지였으니까요.

어쩌면 임씨는 고향으로 돌아가지 못한 채 도시에서 변두리 인생을 마감할지도 모릅니다. 작가는 임씨와 같은 인물을 통해 빈부 격차가 심해지는 당시의 세태를 비판하고 있습니다. 또한 하층민의 부지런함과 정직함이 정당한 대가를 받지 못하는 현실이라 하더라도 우리가 인간다움을 회복하기 위해서 추구해야 할 가치는 바로 그 정직한 노동과 순진함임을 강조하고 있습니다.

❋ 더 읽어 봅시다 ❋

하층 계급의 현실을 다룬 작품
공선옥, 〈가리봉 연가〉 _ '가리봉동'을 배경으로 하여 2000년대에도 가난한 사람들, 가난을 야기하는 문제들이 여전히 존재함을 보여 주는 작품이다. 가족을 위해 한국의 농촌으로 시집을 온 조선족 여성이 가난에 적응하지 못하고 가출한 뒤, 조선족들이 모여 사는 가리봉동으로 이주한다는 내용을 담고 있는 이 작품은, 2000년대에도 하층 계급의 현실이 나아지지 않았음을 시사하고 있다.

한계령

우리는 인생을 '고개'에 비유하는 경우를 많이 봅니다. 그만큼 삶에는 넘어야 할 어려운 고비가 많다는 뜻이겠지요. 산업화가 숨가쁘게 전개되던 1970년대, 우리는 마치 고개를 오르듯이 힘겨운 삶을 살아왔습니다. 이 작품에는 굴곡 많은 삶의 고개를 넘어 온 사람들의 이야기가 그려집니다. '한계령'의 상징적 의미가 무엇인지 생각하면서 작품을 읽어 봅시다.

전화에서 흘러나오는 여자의 목소리는 지독히도 탁하고 갈라져 있었다. 얼핏 듣기에는 여자인지 남자인지 구분하기가 힘들 정도였다. 그 목소리를 듣자 나는 곧 기억의 갈피를 젖히고 음성의 주인공을 찾아보기 시작했다. 내게 전화를 건 적이 있는 그런 굵은 목소리의 여자는 두 사람쯤이었다. 한 명은 사보 편집자였고 또 한 명은 출판인이었다. 두 사람 다 만나 본 적은 없었지만 아무래도 활동적이고 거침이 없는 여걸이 아니겠냐는 선입견을 가지고 있는 터였다.

두 사람 중의 하나라면 사보 편집자이기가 십상이라고 속단

탁하다(濁--) 소리가 거칠고 굵다.
갈피 겹치거나 포갠 물건의 하나하나의 사이. 또는 그 틈.
사보(社報) 기업에서 홍보를 목적으로 발행하여 외부에 배포하는 간행물.
여걸(女傑) 용기가 뛰어나고 기개와 풍모가 있는 여자.
선입견(先入見) 선입관. 어떤 대상에 대하여 이미 마음속에 가지고 있는 고정 관념이나 관점.
십상(十常) 십상팔구(十常八九). 열에 여덟이나 아홉 정도로 거의 예외가 없음.

한[*] 채 나는 전화 저편의 여자가 순서대로 예의를 지켜 가며 나를 찾는 것에 건성으로 대꾸하고 있었다. 가스레인지를 켜 놓고 무언가를 끓이고 있던 중이어서 내 마음은 급하기 짝이 없었다. 급한 내 마음과는 달리 여자는 쉰 목소리로 또 한 번 나를 확인하고 나더니 잠깐 침묵을 지키기까지 하였다. 그리고는 대단히 자신 없는 목소리로 이렇게 말하였다.

"혹시 전주에서…… 철길 옆 동네에서 살지 않았나요?"

수필이거나 콩트거나 뭐 그런 종류의 청탁[*] 전화려니 여기고 있던 내게는 뜻밖의 질문이었다. 그러나 어김없이 맞는 말이기는 하였다. 나는 전주 사람이었고 전주에서도 철길 동네 사람이었다. 주택가를 관통하며 지나가던 어린 시절의 그 철길은 몇 년 전에 시 외곽으로 옮겨지긴 하였지만 지금도 철로 연변[*]의 풍경이 내 마음에는 고스란히 남아 있었다. 그렇다는 대답을 듣고 나서도 전화 속의 목소리는 또 한 번 뜸을 들였다.

"혹시 기억할는지 모르겠지만 난 박은자라고, 찐빵 집 하던 철길 옆의 그 은자인데……"

잊었더라도 할 수 없다는 듯이, 그리고 이십 년도 훨씬 전의

속단하다(速斷--) 신중을 기하지 아니하고 서둘러 판단하다.
콩트 단편 소설보다도 짧은 소설. 대개 인생의 한 단면을 예리하게 포착하여 그리는데 유머, 풍자, 기지를 담고 있다.
청탁(請託) 청하여 남에게 부탁함.
연변(沿邊) 강, 철도, 도로 등을 끼고 따라가는 언저리 일대.

어린 시절 동무 이름까지야 어찌 다 기억할 수 있겠느냐는 듯이 목소리는 한층 더 자신이 없었다.

  박은자. 그러나 나는 그 이름을 또렷이 기억하고 있었다. 얼마만큼이나 또렷하게 기억하고 있는가 하면 전화 속의 목소리가 찐빵 집 어쩌고 했을 때 이미 나는 잡채 가닥과 돼지비계가 뒤섞여 있는 만두 속 냄새까지 맡아 버린 뒤였다. 하지만 나는 만두 냄새가 난다고 말하지는 않았다. 세월이 그간 내게 가르쳐 준 대로 한껏 반가움을 숨기고, 될 수 있으면 통통 튀지 않는 음성으로 그 이름을 분명히 기억하고 있음을 알렸을 뿐이었다. 그렇게 했음에도 반기는 내 마음이 전화선을 타고 날아가서 그녀의 마음에 꽂힌 모양이었다. 쉰 목소리의 높이가 몇 계단 뛰어오르고, 그러자니 자연 갈라지는 목소리의 가닥가닥마다에서 파열음˚이 튀어나오면서 폭포수처럼 말이 쏟아져 나오기 시작했다.

  "반갑다. 정말 얼마 만이냐? 난 네가 기억하지 못할 줄 알았거든. 전화 할까 말까 꽤나 망설였는데……. 그런데 자꾸 여기저기에 네 이름이 나잖아? 사람들한테 신문을 보여 주면서 야가 내 친구라고 자랑도 많이 했단다. 너 옛날에 만화책 좋아할 때부터 내가 알아봤어. 신문사에 전화했더니 네 연락처 알려 주더라. 벌써 한 달 전에 네 전화번호 알았는데 이제야

파열음(破裂音) 깨어지거나 갈라져 터지면서 나는 소리.

하는 거야. 세상에, 정말 몇 년 만이니?"

정확히 이십오 년 만에 나는 은자의 목소리를 듣고 있는 중이었다. 철길 옆 찐빵 집 딸을 친구로 사귀었던 때가 국민학교 2학년이었으므로 꼭 그렇게 되었다. 여기저기 이름 석 자를 내걸고 글을 쓰다 보면 과거 속에 묻혀 있던, 그냥 잊은 채 살아도 아무 지장이 없을 이름들이 전화 속에서 튀어나오는 경우가 더러 있었다. 물론 반갑기야 하고 추억을 떠올리게도 하지만 단지 그것뿐이었다. 서로 살아가는 행로가 다르다는 엄연한 사실을 확인하면서도 겉으로는 한번 만나자거나 자주 연락을 취하자거나 하는 식의 말치레만으로 끝나는 일회성의 재회였다.

그렇지만 찐빵 집 딸 박은자의 전화를 받으리라고는 상상도 하지 않았었다.

그 애가 설령 어느 지면에서 내 이름과 얼굴을 발견했다손 치더라도 나를 기억할 수 있겠느냐고 전혀 자신 없어 한 것은 오히려 내 쪽이었다. 만에 하나 기억을 해 냈다 하더라도 신문사에 전화를 해서 내 연락처를 수소문할 이유는 전혀 없었다. 우리들은 그저 60년대의 어느 한 해 동안 한동네에 살았을 뿐이었

국민학교(國民學校) '초등학교'의 전 용어.
행로(行路) 세로(世路). 세상을 살아가는 길.
엄연하다(儼然--) 어떠한 사실이나 현상이 부인할 수 없을 만큼 뚜렷하다.
말치레 실속 없이 말로 겉만 꾸미는 일.
수소문하다(搜所聞--) 세상에 떠도는 소문을 두루 찾아 살피다. 여기에서는 문맥상 '친구의 연락처를 여기저기 알아보다'의 의미이다.

한계령

다. 지금 와서 돌이켜 보면 나에게는 그 한 해가 커다란 위안이었지만 그 애에게는 지겨운 나날이었을 게 분명했다.

그 뜻밖의 전화는 이십오 년이란 긴 세월을 풀어 놓느라고 길게 이어졌다. 무엇보다도 먼저 나는 그 애에게 왜 가수가 되지 않았느냐고 물을 참이었다. '검은 상처의 블루스'*를 너만큼 잘 부르는 사람은 아직 보지 못했노라고 말해 주고 싶었다. 하지만 좀처럼 말할 기회가 주어지지 않았다. 어디어디에서 너의 짧은 글을 읽었다는 것과 네가 내 친구라는 사실을 믿지 않던 주위 사람들의 어리석음과 네 이름을 발견할 때의 기쁨이 어떠했는가를 그 애는 몇 번씩이나 되풀이 말하였다. 그런 이야기 끝에 은자가 먼저 자신의 직업을 밝혔다.

"난 어쩔 수 없이 여태도 노래로 먹고산단다. 아니, 그런데 넌 부천에 살면서 '미나 박'이란 이름도 들어 보지 못했니? 네 신랑이 샌님*이구나. 너를 한 번도 나이트클럽이나 스탠드바에 데려가지 않은 모양이네. 이래 봬도 경인* 지역 밤업소에서는 미나 박 인기가 굉장하다구. 부천 업소들에서 노래 부른 지도 벌써 몇 년째란다. 내 목소리 좀 들어 봐. 완전 갔어. 얼마나 불러 제끼는지. 어쩔 때는 말도 안 나온단다. 솔로도 하

---

* 검은 상처의 블루스 1960년대 여성 듀오인 '김치캣'의 노래로, 가슴에 남겨진 장밋빛 정열과 검은 상처의 아픔 때문에 밤새 목메어 운다는 내용의 가사로 이루어져 있다.
샌님 얌전하고 고루한 사람을 놀림조로 이르는 말.
경인(京仁) 서울과 인천을 아울러 이르는 말.

고 합창도 하고 하여간 징그럽게 불러 댔다."

그제야 난 전화에서 흘러나오는 쉰 목소리의 다른 모습들을 떠올릴 수 있었다. 가수들의 말하는 음성이 으레 그보다 훨씬 탁했었다. 목소리가 그 지경이 될 만큼 노래를 불렀구나 생각하니 갑자기 가슴이 뜨거워졌다. 노래를 빼놓고 무엇으로 은자를 추억할 것인지 나는 은근히 두려웠던 것이다. 노래와는 전혀 무관한 채 보통의 주부가 되어 있다가 내게 전화를 했더라면 어떤 기분이었을까. 비록 텔레비전에 자주 출연하는 인기 가수가 아니더라도, 밤업소를 전전하는 무명 가수로 살아왔더라도 그 애가 노래를 버리지 않았다는 것이 내게는 중요했다.

그래서 나는 슬쩍 검은 상처의 블루스나 버드나무 밑의 작은 음악회, 그리고 비 오는 날 좁은 망대 안에서 들려주었던 가수들의 세계 따위, 몇 가지 옛 추억을 그 애에게 일깨워 주었다. 짐작대로 은자는 감탄을 연발하면서 기뻐하였다. 그렇게 세세한 일까지 잊지 않고 있는 나의 끈질긴 우정을 그녀는 거의 까무러칠 듯한 호들갑으로 보답하면서 마침내는 완벽하게 옛 친구의 자리로 되돌아갔다.

그 밖에도 나는 아주 많은 부분을 기억하고 있었다. 그해 여름 장마 때 하천으로 떠내려오던 돼지의 슬픈 눈도, 노상 속치

무관하다(無關--) 관계나 상관이 없다.
망대(望臺) 적이나 주위의 동정을 살피기 위하여 높이 세운 곳.

맞바람이던 그 애의 어머니도, 다방 레지로 취직되었던 그 애 언니의 매끄러운 종아리도, 그 외의 더 많은 것들도 나는 말해 줄 수 있었다. 그럴 수밖에 없는 것이 몇 년 전 나는 은자를 주인공으로 하는 유년 시절에 관한 소설을 한 편 발표한 적이 있었다. 소설을 쓰는 일이 과거를 되살려 불러낼 수도 있다는 것과 쓰는 작업조차도 감미로울 수 있다는 깨달음을 안겨 준 소설이었다. 마치 흑백사진의 선명한 명암 대비처럼 유난히 삶과 죽음의 교차가 심했던 유년의 한때를 글자 하나하나로 낚아 올려 내던 그때의 작업만큼 탐닉했던 글쓰기는 경험해 본 적이 없었다. 육친의 철저한 보호 속에 갇혀 있다가 굶주림과 탐욕과 애증이 엇갈리는 세계로의 나아감, 자아의 뾰족한 새잎이 만나게 되는 혼돈의 세상을 엮어 나가던 그 사이사이 나는 몇 번씩이나 눈시울을 붉히곤 했었다.

레지 다방 종업원. 다방에서 손님을 접대하며 차를 나르는 여자.
❋ 은자를 주인공으로 하는 유년 시절에 관한 소설 실제 해당 소설의 제목은 〈유황불〉이다. 초등학교 2학년 봄에서 3학년 봄까지를 배경으로 하는 이 소설은, 1년여 동안 '나'가 철길 옆 전빵집 딸인 은자와 나눈 우정과 은자네 가족의 이야기, 은자 아버지의 죽음, 은자의 가출, 큰오빠의 결혼을 시간 순서대로 기록하고 있다. 제목 '유황불'은 '나'의 엄마가 은자와 같은 못된 친구와 어울려 놀면 마지막 심판 날, 하늘이 내리는 불과 유황에 휩싸여 지옥으로 떨어지게 될 거라고 말해서 '나'가 악몽에 시달렸던 기억에서 따온 것이다.
명암(明暗) 밝음과 어두움을 통틀어 이르는 말.
❋ 유난히 삶과 죽음의 교차가 심했던 '나'의 아버지의 죽음, 은자 언니와 결혼하려던 청년이 그 결혼을 반대하는 은자네 아버지를 칼로 찔러 죽인 사건 등 '나'가 어린 시절에 주변 사람들의 '죽음'을 많이 경험했음을 의미한다.
탐닉하다(耽溺--) 어떤 일을 몹시 즐겨서 거기에 빠지다.
애증(愛憎) 사랑과 미움을 아울러 이르는 말.

은자는 그때 이미 나보다 한 발 앞서 세상 가운데에 발을 넣고 있었다. 유행가와 철길과 죽음이 그 애의 등을 떠밀어서 은자는 자꾸만 세상 깊은 곳으로 나아가고 있었다.* 그 애가 세상과 익숙한 것을 두고 나의 어머니는 '마귀새끼'라는 호칭까지 붙여 줄 지경이었으니까. 흡사 유황불이 이글거리는 지옥의 아수라장처럼 무섭기만 했던 그 세상에서 나는 벌써 몇십 년을 살고 있는가. 아니, 살아 내고 있는가……

　그러나 나는 은자에게 소설 이야기는 하지 않았다. 사실은 할 기회도 없었다. 어떻게 해서 밤업소 가수로 묶이고 말았는지를 설명하고 지금처럼 먹고살 만큼 되기까지 어떤 우여곡절을 겪었는지 대충 말하는 데만도 시간이 많이 걸렸다. 나는 고작해야 십몇 년 전에 텔레비전 전국 노래 자랑에 출전하지 않았느냐고, 그런 말을 들은 적이 있다는 것만 알려 줄 수 있었을 뿐이었다.

　"맞아. 그때 장려상인가 받았거든. 그리고 작곡가 선생님이 취입시켜 준다길래 부지런히 쫓아다녔는데 밑천이 있어야 곡

✽ 유행가와 철길과 ~ 나아가고 있었다 어린 시절 '나'와 은자는 철길 옆 동네에 살았다. 은자네 찐빵 집은 철길 옆에 있었고, 은자는 '검은 상처의 블루스'와 같은 유행가를 즐겨 불렀다. 은자는 정이 많은 아이였지만 아버지가 죽은 후 가수가 되겠다며 어린 나이에 가출을 한 뒤 세상 밖으로 나가 살아갈 수밖에 없었다. '나'는 이런 은자와 관련된 기억을 '유행가와 철길과 죽음'으로 지칭한 것이다.
유황불(硫黃 -) 황이 탈 때에 생기는 파란 불.
아수라장(阿修羅場) 싸움이나 그 밖의 다른 일로 큰 혼란에 빠진 곳이나 그런 상태.
우여곡절(迂餘曲折) 뒤얽혀 복잡해진 사정.
취입(吹入) 레코드나 녹음기의 녹음판에 소리를 넣음.

을 받지. 아까 전주 관광호텔 나이트클럽에서 잠깐 노래 부른 적이 있다고 했지? 그때가 스무 살이었어. 돈 좀 마련해서 취입하려고 거기서 노래 부른 거라구. 그러다 영영 밤무대 가수가 되고 말았어. 아무튼 우리 만나자. 보고 싶어 죽겠다. 니네 오빠들은 다 뭐해? 참, 니네 큰오빠 성공했다는 소식은 옛날에 들었지. 암튼 장해. 넌 어때? 빨리 만나고 싶다. 응?"

전화로는 아무래도 이십오 년을 다 풀어 놓을 수가 없다는 듯이 은자는 만나기를 재촉했다. 거절할 수도 없는 것이 매일 밤 바로 부천의 어느 나이트클럽에서 노래를 한다는 것이었다. 그녀의 무대는 밤 여덟 시에 한 번, 그리고 열 시에 또 한 번 있었으므로 나는 아홉 시쯤에 시간 약속을 해서 나가야 했다. 작가라서 점잖은 척해야 한다면 다른 장소에서 만날 수도 있다고 그녀는 말하였다. 그래 놓고도 작가라면 술집 답사˙ 정도는 예사가 아니겠느냐고 제법 나를 부추기기도 하였다.

물론 나 역시 은자를 만나고 싶었다. 그러나 당장 오늘이나 내일로 시간을 정하라는 그녀의 성화˙에는 따를 수 없었다. 밤 아홉 시면 잠자리에 들어야 할 딸도 있었고, 그 딸이 잠든 뒤에는 오늘이나 내일까지 꼭 써 놓아야 할 산문이 두 개나 있었다. 이십오 년이나 만나지 않았는데 하루나 이틀 늦어진다고 무엇

답사(踏査) 현장에 가서 직접 보고 조사함.
성화(成火) 몹시 귀찮게 구는 일.

이 잘못되겠느냐, 매일 밤 부천에서 노래를 부른다면 기어이 만날 수는 있지 않겠느냐고 말을 했더니 은자는 갑자기 펄쩍 뛰었다.

"오늘이 수요일이지? 이번 주 일요일까지면 계약 끝이야. 당분간은 부천뿐 아니라 경인 지역 밤업소 못 뛴단 말야. 어쩌다 보니 돈을 좀 모았거든. 찐빵 집 딸이 성공해서 신사동에다 카페 하나 개업한다니까. 보름 후에 오픈이야. 이번 주일 아니면 언제 만나겠니? 넌 내가 안 보고 싶어? 아휴, 궁금해 죽겠다. 일단 한번 보자. 얼굴이라도 보게 잠깐 나왔다가 들어가면 되잖아? 너네 집이 원미동이랬지? 야, 걸어와도 되겠다. 그 옛날 전주로 치면 우리집서 오거리까지도 안 되는데 뭘. 그땐 맨날 뛰어서 거기까지 놀러갔었잖아?"

넌 내가 보고 싶지도 않아? 라고 소리치는 은자의 쉰 목소리가 또 한 번 내 가슴을 뜨겁게 하였다. 그 닷새 중에 어느 하루, 밤 아홉 시에 꼭 가겠노라고 약속을 한 뒤에서야 우리는 비로소 긴 전화를 끊었다. 수화기를 내려놓으면서 나도 모르는 사이에 긴 한숨이 흘러나왔다. 이십오 년을 넘나드느라고 나는 지쳐 있었다. 그리고 현실로 돌아왔을 때 그제서야 나는 가스레인지의 푸른 불꽃과 끓고 있는 냄비가 생각났다. 황급히 달려가 봤을 때는 벌써 냄비 속의 내용물이 바삭바삭한 재로 변해 버린 뒤였다.

이상한 일이었다. 난데없는 은자의 전화가 아니더라도 나는 요즘 들어 줄곧 그 시절의 고향 풍경을 떠올리고 있었다. 하필 이런 때에 불현듯 그 시절의 은자가 나타난 것이었다. 고향에 대한 잦은 상념은 아마도 그곳에서 들려오는 큰오빠의 소식 때문일 것이었다. 때로는 동생이, 때로는 어머니가 전해 주는 이야기들은 어떤 가족의 삶에서나 다 그렇듯이 미주알고주알 시작부터 끝까지가 장황했지만 뜻은 매양 같았다. 항상 꿋꿋하기가 대나무 같고 매사에 빈틈이 없어 도무지 어렵기만 하던 큰오빠가 조금씩 조금씩 허물어지고 있다는 것이었다. 처음에는 큰오빠의 말수가 점점 줄어들고 있다는 소식이 고작이었다. 자식들도 대학을 다닐 만큼 다 컸고 흰머리도 꽤 생겨났으니 늙어 가는 모습 중의 하나일 것이라고, 식구들은 그렇게 여겼을 뿐이었다.

그때가 작년 봄이었을 것이다. 술이 들어가기 전에는 거의 온종일 말을 잊은 채 어디 먼 곳만을 쳐다보고 있는 날이 잦다고 어머니의 근심 어린 전화가 가끔씩 걸려 왔었다. 건강이 좋지 않아 절제해 오던 술이 폭음으로 늘어난 것은 그 다음부터였다. 때로는 며칠씩 집을 나가 연락도 없이 떠돌아다니기도 하였다. 온

상념(想念) 마음속에 품고 있는 여러 가지 생각.
미주알고주알 아주 사소한 일까지 속속들이.
장황하다(張皇--) 매우 길고 번거롭다.
매양 번번이. 매 때마다.
매사(每事) 하나하나의 모든 일.
폭음(暴飮) 술을 한꺼번에 많이 마심.

식구가 발을 동동 구르며 애를 태우고 있으면 큰오빠는 홀연히 귀가하여 무심한 얼굴로 뜨락의 잡초를 뽑고 있기도 하였다. 그렇게 열심히 매달려 왔던 사업도 저만큼 던져 놓은 채 그는 우두망찰 먼 곳의 어딘가에 시선을 붙박아 두고 있는 사람처럼 보였다. 어머니는 그런 큰오빠를 설명하면서 곧잘 "진이 다 빠져 버린 것 같어……."라고 말하였다. 동생은 또 큰오빠의 뒷모습을 보면 눈물이 핑 돌 만큼 애달프다고 말하였다. 아닌 게 아니라 전화 저편의 어머니도 진이 빠진 목소리였고 동생 또한 목메인 음성이곤 하였다. 그것은 마치 믿고 있던 둑의 이곳저곳에서 물이 새고 있다는 보고를 듣는 것처럼 나에게도 허망한 느낌을 불러일으켰다.

그렇지 않아도 세상살이의 올곧지 못함에 부대껴 오던 나날이었다. 나는 자연 튼튼하고 믿음직스러웠던 원래의 둑을 그리워하지 않을 수 없었다. 이제는 결코 젊다고 할 수 없는 나이의 그가, 더욱이 몇 년 전의 대수술로 건강마저 염려스러운 그가 겪고 있는 상심(傷心)의 정체를 나는 알 것도 같았다. 아니, 정녕 모를 일인 것처럼 여겨지기도 하였다. 그를 짓누르고 있던 장남의

우두망찰 정신이 얼떨떨하여 어찌할 바를 모르는 모양.
✤ 진이 다 빠져 버린 것 같어 '진(이) 빠지다'는 '실망을 하거나 싫증이 나서 더 이상의 의욕을 상실하다. 또는 힘을 다 써서 기진맥진해지다'라는 의미이다.
허망하다(虛妄--) 어이없고 허무하다.
부대끼다 사람이나 일에 시달려 크게 괴로움을 겪다.
상심(傷心) 슬픔이나 걱정 따위로 속을 썩임.

멍에*가 벗겨진 것은 겨우 몇 해 전이었다. 아버지가 없었어도 우리 형제들은 장남의 어깨를 밟고 무사히 한 몫의 사람으로 커 올 수 있었다.✤ 우리들이 그의 어깨에, 등에 매달려 있던 때 그는 늠름하고 서슬 퍼런✤ 장수처럼 보였었다. 은자도 알 것이었다. 내 큰오빠가 얼마나 멋졌던가를. 흡사 증인(證人)이 되어 주기나 하려는 듯 홀연히 나타난 은자를, 그 애의 쉰 목소리를 상기하면서 나는 문득 마음이 편안해졌다.

그러나 그날 밤에도, 다음 날 밤에도 나는 은자가 노래를 부르는 클럽에 가지 않았다. 그렇다고 그 애의 전화를 잊은 것은 절대 아니었다. 잊기는커녕 틈만 나면 나는 철길 동네의 풍경 속으로 걸어 들어가곤 했다. 멀리는 기린봉이 보이고, 오목대까지 두 줄로 뻗어 있던 레일 위로는 햇살이 눈부시게 반짝이며 미끄러지곤 했었다. 먼지 앉은 잡초와 시궁창* 물로 채워져 있던 하천을 건너면 곧바로 나타나던 역의 저탄장.* 하천은 역의 서쪽으로도 뻗어 있었고 그곳의 둑방 동네는 홍등가*여서 대낮에도 짙은 화장의 여인네들이 둑길을 서성이곤 했었다.

멍에 쉽게 벗어날 수 없는 구속이나 억압을 비유적으로 이르는 말.
✤ 아버지가 없었어도 ~ 커 올 수 있었다 '나'와 '나'의 형제들은 아버지가 없었지만 장남인 큰오빠의 희생을 바탕으로 사회에서 자기 몫을 할 수 있는 사람으로 자랄 수 있었다.
✤ 서슬 퍼런 기세가 아주 대단한.
시궁창 더러운 물이 잘 빠지지 않고 썩어서 질척질척하게 된 도랑의 바닥. 또는 그 속.
저탄장(貯炭場) 석탄이나 숯 따위를 모아서 간수하여 두는 장소.
홍등가(紅燈街) '붉은 등이 켜져 있는 거리'라는 뜻으로, 유곽 즉 성매매하는 곳이 늘어선 거리를 이르는 말.

동네에서 우리집은 아들 부잣집으로 일컬어졌었다. 장대 같은 아들이 내리 다섯이었다. 그리고 순서를 맞추어 밑으로 딸 둘이 더 있었다. 먹는 입이 많아서 어머니는 겨울 김장을 두 접˙씩 하고도 떨어질까 봐 노상 걱정이었다. 둥근 상에 모여 앉아 머리를 맞대고 숟가락질을 하다 보면 동작 느린 사람은 나중에 맨밥을 먹어야 했다. 단 한 사람, 우리 집의 유일한 수입원인 큰오빠만큼은 언제나 따로 상을 받았다. 그 많은 식구들을 책임지고 있는 가장답게 큰오빠는 건드리다가 만 듯한 밥상을 물렸고 그러면 그 밥상이 우리 형제의 별식으로 차례가 오곤 했었다.

　학교에서 나누어 주는 옥수수빵 외에는 밀떡이나 쑥버무리˙가 고작인 우리들의 군것질 대상에서 은자네 찐빵이나 만두는 맛이 기가 막혔다. 그 애의 부모들이 평소 위생 관념에는 젬병˙이어서 어머니는 그 집 빵이라면 거저 주어도 먹지 말라고 신신당부를 했었지만 오빠들은 몰래 은자네 집을 드나들며 빵을 사 먹곤 했었다. 비 오는 날, 오빠들이 서로서로의 옹색한˙ 용돈을 털어 내어 내게 시키는 심부름은 대개 두 가지였다. 은자네 찐빵을 사 오는 일과 만화 가게에서 만화를 빌려 오는 일이었다. 돈을 보태지 않았으니 응당˙ 심부름은 내 몫이었다. 은자네 집에

접　채소나 과일 따위를 묶어 세는 단위. 한 접은 채소나 과일 백 개를 이른다.
쑥버무리　쌀가루와 쑥을 한데 버무려서 시루에 찐 떡.
젬병(-餠)　형편없는 것을 속되게 이르는 말.
옹색하다(壅塞--)　형편이 넉넉하지 못하여 생활에 필요한 것이 없거나 부족하다.
응당(應當)　마땅히. 그렇게 하거나 되는 것이 이치로 보아 옳게.

빵을 사러 가면 은자는 제 엄마 몰래 두어 개쯤 더 얹어 주었고 만화 가게까지 우산을 받쳐 주며 따라오기도 했었다. 그 우산 속에서 은자는 목청을 다듬어 노래를 불렀다. 오빠들 몫으로 전쟁 만화를, 내 몫으로는 엄희자의 발레리나 만화를 빌려 품에 안고 돌아오는 길에 나는 은자의 노래를 듣고 또 듣곤 했었다. 우리 집 대문 앞에까지 왔는데도 노래가 미처 끝나지 않았으면 제자리에 서서 끝까지 다 들어 주어야만 집에 들어갈 수 있었다.

사는 모양새야 우리 집보다 더 옹색하고 구질구질한 은자네였지만 그래도 그 애는 잔돈푼을 늘 지니고 있어서 우리 또래 아이들 중에서는 제일 부자였다. 가게에서 찐빵 판 돈을 슬쩍슬쩍 훔쳐 내다가 제 아버지에게 들켜 아구구구, 죽는 소리를 내며 두들겨 맞는 은자를 나는 종종 볼 수 있었다. 은자 아버지는 은자만이 아니라 처녀인 그 애 큰언니도, 그 애의 어머니도 곧잘 때렸고 그래서 그 애네 집 앞을 지나노라면 아구구구, 숨넘어가는 비명쯤은 예사로 들을 수 있었다. 은자가 가수의 꿈을 안고 밤도망을 쳤을 때 그 애 아버지는 이미 이 세상 사람이 아니었다. 만약 살아 있었다면 은자도 어린 나이에 밤도망을 칠 엄두는 못 냈을 것이었다. 가수가 되어 성공하면 돌아오겠노라던 은자는 그 뒤 철길 옆 찐빵 집으로 금의환향하지는 못했다.

금의환향(錦衣還鄉) 비단옷을 입고 고향에 돌아온다는 뜻으로, 출세를 하여 고향에 돌아가거나 돌아옴을 비유적으로 이르는 말.

그 애가 성공하기도 전에 찐빵 가게는 문을 닫았고 내가 기억하기만도 그 자리에 양장점·문구점·분식 센터·책방 등이 차례로 들어섰었다. 그리고 지금, 은자네 찐빵 가게가 있던 자리는 자취도 없이 사라졌다. 철길이 옮겨진 뒤 말짱히 포장되어 4차선 도로로 변해 버린 그곳에서 옛 시절의 흙냄새라도 맡아 보려면 아스팔트를 뜯어내고 나서야 가능할 것이었다.

금요일 정오 무렵 다시 은자에게서 전화가 왔다. 첫마디부터가 오늘 저녁에는 꼭 오라는 다짐이었다. 이미 두 번째 전화여서 그 애는 스스럼없이, 진짜 꾀복쟁이 친구처럼 굴고 있었다.

"일어나자마자 너한테 전화하는 거야. 어젯밤에는 너 기다린다고 대기실에서 볶음밥 불러 먹었단다. 오늘은 꼭 오겠지? 네 신랑이 못 가게 하대? 같이 와. 내가 한잔 살 수도 있어. 그 집 아가씨 하나가 말야, 네 소설도 읽었다더라. 작가 선생이 오신다니까 팔짝팔짝 뛰고 난리야."

그러고 나서 그 애는 아들만 둘을 두었다는 것과 악단 출신의 남편과 함께 사는 지금의 집이 꽤 값나가는 아파트라는 사실을 알려 주었다. 그 애의 전화를 받고 난 뒤 내내 파리가 윙윙거리던 그 애의 찐빵 가게만 떠올리고 있었던 것을 알고 있었다는

양장점(洋裝店) 서양식 여자 옷을 짓고 파는 가게.
포장되다(鋪裝--) 길바닥에 돌과 모래 따위가 깔리고 그 위가 시멘트나 아스팔트 따위로 덮여 길이 단단하게 다져져 꾸며지다.
스스럼없다 조심스럽거나 부끄러운 마음이 없다.
꾀복쟁이 '벌거벗고 놀던 어릴 적 친구'라는 뜻의 사투리.

듯이 은자는 한창때 열 군데씩 겹치기를 하던 시절에는 수입이 얼마였던가까지 소상히 일러주었다. 그 애가 잘살고 있다는 것은 어쨌든 기분 좋은 일이었다. 그래 봤자 얼마나 부자일까마는 여태까지도 돼지비계 섞인 만두 속 같은 퀴퀴한 냄새를 풍기고 있다면 얼마나 막막한 삶일 것인가.

"오늘 꼭 와야 된다. 니네 자가용 있지? 잠깐 몰고 나오면……. 뭐라구? 돈 벌어 다 어데 쌓아 두니? 유명한 작가가 자가용도 없어서야 체면이 서냐? 암튼 택시라도 타고 휭 왔다 가. 기다린다야."

그 애는 제멋대로 나를 유명한 작가로 만들어 놓았다. 그리곤 자가용이 없다는 내 말에 은자는 혀까지 끌끌 찼다. 짐작하건대 그 애는 나의 경제적 지위를 다시 가늠해 보기 시작했을 것이었다. 은자는 그만큼 확신을 가지고 자가용이 있느냐고 물었으니까. 어쩌면 그 애는 스스로가 오너드라이버란 사실을 말하고 있는 건지도 몰랐다. 은자는 내가 과거의 찐빵 집 딸로만 자기를 기억하고 있는 것을 몹시 안타깝게 여기고 있었다. 얼마나 달라졌는가를, 지금은 어떤 계층으로 솟구쳤는가를 설명하는 쉰 목소리는 무척 진지하였다. 만나기만 한다면야 그 애의 달라진 현실을 확실히 알 수가 있을 것이었다. 만남을 회피하지 않고 오

소상히(昭詳 -) 분명하고 자세하게.
오너드라이버(owner driver) 자가운전자. 자기 자동차를 자기가 운전하는 사람.

히려 간곡하게 재회를 원하는 그녀의 현실을 나는 새삼 즐겁게 받아들였다. 언젠가의 첫 여고 동창회가 열렸던 때를 기억하고 있는 까닭이었다. 서울 지역에 살고 있는 동창 명단 중에 불참자가 반 이상이었다. 물론 피치 못한 이유가 있어서 불참한 경우도 있겠지만 졸업 후의 첫 만남에 당당하게 나타날 만한 위치가 아니라는 자괴심이 대부분의 이유였을 것이다.

  은자의 전화가 있고 난 뒤 곧바로 전주에서 시외 전화가 걸려 왔다. 고춧가루는 떨어지지 않았느냐, 된장 항아리는 매일 볕에 열어 두고 있느냐 등을 묻는, 자식의 안부보다는 자식의 밑반찬 안부를 주로 묻는 친정어머니의 전화였다. 나는 어머니에게 은자의 소식을 전했다. 이름을 언뜻 기억하지 못했어도 찐빵 집 딸이라니까 얼른 "박 센 딸?" 하고 받으시는데 목소리에 기운이 없었다. 어머니의 전화는 예사롭게 밑반찬 챙기는 것만으로 그칠 것 같지는 않았다. 따라서 나 역시 은자의 이야기를 길게 늘어놓을 일도 아니었다. 모녀는 잠깐 침묵을 지켰다. 어머니 쪽에서 무슨 말이 나오리라 기다리면서 나는 한편으로 전화 곁의 메모판을 읽어 가고 있었다. 20매, 3일까지. 15매, 4일 오전 중으로 꼭. 사진 잊지 말 것. 흘려 쓴 글씨들 속에 나의 삶이 붙

불참자(不參者) 어떤 모임에 참가하지 않거나 참석하지 않은 사람.
자괴심(自愧心) 스스로 부끄럽게 여기는 마음.
센 생원. 예전에, 나이 많은 남자를 이르던 호칭 중 하나.
예사롭다(例事--) 늘 가지는 태도와 다른 것이 없다.

박여 있었다. 한때는 내 삶의 의지였던 어머니의 나직한 한숨 소리가 서울을 건너고 충청도를 넘어 전라도 땅의 한 군데에서 새어 나왔다.*

"아버지 추도˙ 예배 때 못 오것쟈?"

어머니는 겨우 그렇게 물었다. 노상 바쁘다니까, 이제는 자식의 삶을 지휘할 수 없다는 것을 잘 아니까 어머니는 오월이 가까워 오면 늘 이렇게 묻는다. 그러나 오늘의 전화는 그것만도 아닐 것이다. 나는 잘 알고 있었다. 어젯밤에도 큰오빠는 어머니의 치마폭에 그 쇳조각 같은 한탄과 허망한 세월을 털어놓으며, 몸이 못 버텨 주는 술기운으로 괴로워하며, 그 두 사람이 같이 뛰었던 과거의 행로들을 추억하자고 졸랐을 것이다. 어려웠던 시절의 뼈아픈 고생담을 이야기하면서, 춥고 긴 겨울밤을 뜬눈으로 지새우며 앞날을 걱정했던 그 시절의 암담함을 일일이 들추어 가면서 큰오빠는 낙루˙도 서슴지 않았으리라. 어머니는 그런 큰아들 때문에 가슴이 미어지도록 슬펐을 것이다. 그렇지만 나는 끝내 입을 열지 않았다.

"네 큰오빠, 어제 산소 갔더란다. 죽은 지 삼십 년이 다 돼 가는 산소는 뭐 헐라고 쫓아가 쌌는지. 땅속에 묻힌 술꾼 애비

✤ 어머니의 나직한 한숨 소리가 ~ 한 군데에서 새어 나왔다 고향인 전라도 전주에 사는 어머니와 서울 변두리인 부천에 사는 딸이 전화 통화를 하는 상황에서, 어머니의 걱정 어린 한숨 소리가 전화선을 타고 들려왔음을 표현한 것이다.
추도(追悼) 죽은 사람을 생각하며 슬퍼함.
낙루(落淚) 눈물을 흘림. 또는 그 눈물.

랑 청주 한 병을 다 비우고 왔어야……."

큰오빠가 공동묘지에 묻혀 있던 아버지를 당신의 고향 땅에 모신 것도 벌써 오래전의 일이었다. 어린 시절, 추석날이면 나는 다섯 오빠 뒤를 따라 시(市)의 끝에 놓인 공동묘지를 찾아가곤 했었다. 큰오빠는 줄줄이 따라오는 동생들의 대열을 단속하면서 간혹 "니네들 아버지 산소 찾아낼 수 있어?" 하고 묻곤 했었다. 대열 중에서는 아무 대답도 나오지 않았다. 찾을 수 있거나 찾지 못하거나 간에 큰형 앞에서는 피식 멋쩍게 웃는 것이 대화의 전부인 오빠들이었다. 똑같은 크기의 봉분들이 산 전체를 빽빽하게 뒤덮고 있는 공동묘지에 들어서면 큰오빠는 한 번도 멈추지 않고 단숨에 아버지가 누운 자리를 찾아냈다.

세월이 흐르고 하나씩 집을 떠나는 형제들 때문에 성묘 행렬에 구멍이 생기기 시작하던 무렵, 큰오빠는 아버지 묘의 이장을 서둘렀었다. 지금에 와서는 단 한 번도 형제들 모두가 아버지 산소를 찾아간 적은 없었다. 산다는 일은 언제나 돌연한 변명으로 울타리를 치는 것에 다름 아니니까.* 일 년에 한 번, 딸기가 끝물일 때 맞게 되는 아버지의 추도식만은 온 식구가 다 모이도록 되어 있었다. 그 유일한 만남조차도 때때로 구멍 난 자리를

봉분(封墳) 흙을 둥글게 쌓아 올려서 무덤을 만듦. 또는 그 무덤.
이장(移葬) 무덤을 옮겨 씀.
✤ 산다는 일은 언제나 ~ 것에 다름 아니니까 사는 게 바쁘다는 핑계로, 살면서 돌봐야 하는 일들을 지나쳐 버리고 일상에 파묻혀 살아가는 것을 의미한다.
끝물 과일, 푸성귀, 해산물 따위에서 그 해의 맨 나중에 나는 것.

내보이곤 하였지만.

"박 센 딸은 웬일루?"

전화를 끊으려다 말고 어머니는 가까스로 은자에 대한 호기심을 나타냈다. 기어이 가수가 된 모양이라고, 성공한 축에 끼였달 수도 있겠다니까 어머니는 "박 센이 그 지경으로 죽었는데 그 딸이 무슨 성공을……." 하고는 나의 말을 묵살하였다. 은자의 언니를 다방 레지로 취직시킨 것에 앙심을 품은 망대지기 청년이 장인이 될지도 모를 박씨를 살해한 사건은 그해 가을 도시 전체를 떠들썩하게 했었다. 어머니는 아직도 찐빵 집 가족들을 마귀로 여기고 있는 모양이었다. 유황불에서 빠져나올 구원의 사다리는 찐빵 집 식구들에게만은 영원히 차례가 가지 않으리라고 믿는지도 몰랐다. 살아남은 자의 지독한 몸부림을 당신만큼은 더할 나위 없이 잘 알면서도 짐짓 그렇게 말하는 건지도 모를 일이었다.

어머니와의 통화는 언제나 그렇지만 마음을 심란하게 만들었다. 늦은 밤이나 이른 아침에 울리는 전화벨 소리가 가슴을 철렁 내려앉게 하듯이 요즘에는 고향에서 걸려 오는 전화 또한 온갖 불길함을 예상하게 만들었다. 될 수 있는 한 외출을 삼가

묵살하다(默殺--) 의견이나 제안 따위를 듣고도 못 들은 척하다.
앙심(怏心) 원한을 품고 앙갚음하려고 벼르는 마음.
망대지기(望臺--) 망대(적이나 주위의 동정을 살피기 위하여 높이 세운 곳)를 지키는 사람.
심란하다(心亂--) 마음이 어수선하다.

고 집에만 박혀 있는 나에겐 전화가 세상과의 유일한 통로인 셈이었다. 아마 전화가 없었다면 이만큼이나 뚝 떨어져 있을 수도 없을 것이다. 싫든 좋든 많은 이들을 만나야 하고 찾아가야 했으리라. 그런 의미에서 전화는 세상을 연결시키는 통로이면서 동시에 차단시키는 바람벽이기도 하였다.[*] 고향에 대해서도 예외는 아니었다. 일 년에 한 번쯤이나 겨우 찾아가면서 그다지 격조함을 느끼지 못하는 이유는 전화가 있기 때문이었다. 또한 찾아가지 않아도 되게끔 선뜻 나서서 제 할 일을 해 버리는 것도 전화였다.

마음이 심란한 까닭에 일손도 잡히지 않았다. 대충 들춰 보았던 조간들을 끌어당겨 꼼꼼히 기사들을 읽어 나가자니 더욱 머리가 띵해 왔다. 신문마다 서명자 명단이 가지런하게 박혀 있고 일 단 혹은 이 단 기사들의 의미심장한 문구들[*]이 명멸하였다. 봄이라 해도 날씨는 무더웠다. 창가에 앉으면 바람이 시원했다. 이층이므로 창에 서면 원미동 거리가 한눈에 내려다보였다. 행

✤ 그런 의미에서 ~ 바람벽이기도 하였다 외출을 삼가고 집에서 소설 쓰는 일을 하는 '나'에게 전화는 세상 소식을 접하는(사람들과 소식을 나누는) 수단인 동시에 직접 사람들을 만나거나 찾아가지 않아도 되는 구실을 제공한다는 것이다.
격조(隔阻) 멀리 떨어져 있어 서로 통하지 못함.
조간(朝刊) 조간신문. 날마다 아침에 발행하는 신문.
✤ 신문마다 서명자 명단이 ~ 기사들의 의미심장한 문구들 이 작품이 발표되었던 1980년대에는 군사 독재에 항의하는 시위를 하다 죽거나 다친 대학생들이 많았다. 또한 1987년에는 이에 분노한 시민들의 시위나 민주화 운동 인사들의 시국 선언이 이어지기도 하였다. 신문에 박힌 서명자 명단이나 일 단 혹은 이 단에 실린 기사들은 그런 시대 상황과 관련이 있다.
명멸하다(明滅--) 나타났다 사라졌다 하다.

복 사진관 엄씨가 세 딸을 거느리고 시장 길로 올라가고 있는 게 보였다. 써니 전자의 시내 아빠는 요즘 새로 산 오토바이 때문에 늘 싱글벙글이었다. 지금도 그는 시내를 태우고 동네를 몇 바퀴씩 돌고 있었다. 냉동 오징어를 궤짝째 떼어 온 김 반장네 형제 슈퍼는 모여든 여자들로 시끄러웠다. 김 반장의 구성진˙ 너스레˙에 누가 안 넘어갈 것인가. 오늘 저녁 원미동 사람들은 모두 오징어 요리를 먹게 될 모양이었다. 그들이 아니더라도 거리는 소란스럽기 짝이 없었다. 부천시 원미동이 고향이 될 어린아이들이, 훗날 이 거리를 떠올리며 위안을 받을 꼬마치들이 쉴 새 없이 소리 지르고, 울어 대고, 달려가고 있었다.

  얼마를 그렇게 창가에 있었지만 쓰다 만 원고를 붙잡고 씨름할 기분은 도무지 생겨나지 않았다. 이제 다시 전화벨이 울린다면 그것은 분명코 저 원고를 챙겨 가야 할 충실한 편집자의 전화일 것이 분명했다. 그럼에도 불구하고 나는 불현듯 책꽂이로 달려가 창작집 속에 끼어 있는 유년의 기록을 들추었다. 그 소설은 낮잠에서 깨어나 등교 시간인 줄 알고 신발을 거꾸로 꿰어 신은 채 달려가는 이야기로부터 시작되고 있었다. 눈물 주머니를 달고 살았던 그때, 턱없이˙ 세상을 무서워하면서 또한 끝도 없이 세상을 믿었던 그때의 이야기들은 매번 새롭게 읽혀지고

구성지다 천연스럽고 구수하며 멋지다.
너스레 수다스럽게 떠벌려 늘어놓는 말이나 행동.
턱없이 이치에 닿지 아니하거나, 그럴 만한 근거가 전혀 없이.

나를 위안했다. 소설 쓰는 것을 업으로 삼는 자가 자기가 쓴 소설을 읽으며 위안을 받는다는 사실을 어떻게 설명해야 할지 모른다. 깊은 밤 한창 작업에 붙들려 있다가도 마음이 편치 않으면 나는 은자가 나오는 그 소설을 읽었다. 시간을 거꾸로 돌려서, 자꾸만 뒷걸음쳐서 달려가면 거기에 철길이 보였다. 큰오빠는 젊고 잘생긴 청년이었고 밑의 오빠들은 까까중머리˙의 남학생이었다. 장롱을 열면 바느질 통 안에 아버지 생전에 내게 사 주었다는 연지˙ 찍는 붓솔도 담겨 있었다. 아직 어린 딸에게 하필이면 화장 도구를 사 주었는지 지금에 와서 생각하면 알 듯도, 모를 듯도 싶은 장난감이었다.

 네 큰오빠가 아니었으면 다 굶어 죽었을 거여. 어머니는 종종 이런 말로 큰아들의 노고˙를 회상하곤 했지만 그 말은 사실이었다. 떠도는 구름처럼 세상 저편의 일만 기웃거리며 살던 아버지는 찌든 가난과, 빚과, 일곱이나 되는 자식을 남겨 놓고 갑자기 세상을 떠났다. 가장 심하게 난리˙ 피해를 당했던 당신의 고향 마을에서도 몇 안 되는 생존자로 난리를 피한 아버지였다. 보리 짚단 사이에서, 뒤뜰의 고구마 움˙에서 숨어 살며 지켜 온 목숨이었는데 도시로 나와 아버지는 곧 이승을 떠나 버렸다. 목숨을

까까중머리 '까까머리(빡빡 깎은 머리)'를 놀림조로 이르는 말.
연지(臙脂) 여자가 화장할 때에 입술이나 뺨에 찍는 붉은 빛깔의 염료.
노고(勞苦) 힘들여 수고하고 애씀.
난리(亂離) 전쟁. 여기에서는 6·25 전쟁을 의미한다.
움 땅을 파고 위에 거적 따위를 얹어 비바람이나 추위를 막아 겨울에 화초나 채소를 넣어 두는 곳.

어떻게 마음대로 하랴마는 어머니에게 있어 그것은 결코 용서 못할 배반이었다. 나는 그래도 연지 붓솔이나 받아 보았다지만 내 밑의 여동생은 돌을 갓 넘기고서 아버지를 잃었다.

아버지 살았을 때부터 야간 대학을 다니면서 생계를 돕던 큰오빠는 어머니와 함께 안간힘을 쓰며 동생들을 거두었다. 아침이면 우리들은 차마 입을 뗄 수 없어 수도 없이 망설이다가 큰오빠에게 손을 내밀었다. 회비·참고서 값·성금·체육복 값 등등 내야 할 돈은 한없이 많았는데 돈을 줄 사람은 하나밖에 없었다. 밑으로 딸린 두 여동생들에겐 관대하기만 했던 큰오빠의 마음을 이용해서 오빠들은 곧잘 내게 돈 타 오는 일을 떠맡기곤 했었다. 밑으로 거푸˙ 물려줘야 할 책임이 있는 셋째 오빠의 부대 자루˙ 같은 교복˙이, 윗형 것을 물려받아서 발목이 드러나는 교복 바지의 넷째 오빠가, 한 번도 새 옷을 입은 적이 없다고 불만인 다섯째 오빠의 울퉁불퉁한 머리통이 골목길에 모여서 나를 기다렸다. 나는 오빠들이 일러 준 대로 기성회비˙·급식 값·재료비 따위를 큰오빠 앞에서 줄줄 외우고 있는 중이었다. 공장에서 돈을 찍어 내도 모자라겠다. 그러면서 큰오빠는

거푸 잇따라 거듭.
부대 자루(負袋--) 부대. 종이, 천, 가죽 따위로 만든 큰 자루.
❋ 셋째 오빠의 부대 자루 같은 교복 가난한 집안 사정으로 인해 교복을 처음 맞출 때 나중에 몸집이 커져도 입을 수 있도록 자기 몸보다 크게 지었기 때문에, 셋째 오빠의 교복이 '부대 자루'처럼 크다는 것이다. 이 큰 교복은 셋째 오빠가 입고서 동생들에게 물려주어야 하는 것이기도 하다.
기성회비(期成會費) 학교 운영에 필요한 재정을 돕기 위하여 학비와는 별도로 걷었던 돈.

지갑을 열었다.

　자라면서 나 역시 그러했지만 오빠들은 큰형을 아주 어려워했다. 아무리 맛있는 음식이라도 큰형이 있으면 혀의 감각이 사라진다고 둘째가 입을 열면 셋째도, 넷째도, 다섯째도 맞장구를 쳤다. 여름의 어떤 일요일, 다섯 아들이 함께 모여 수박을 먹으면 큰오빠만 푸아푸아 시원스레 씨를 뱉어 내고 나머지는 우물쭈물하다가 씨를 삼켜 버리기 예사였다. 두레박으로 물을 길어 올려 등목˚이라도 하게 되면 큰오빠 등허리는 어머니만이 밀 수 있었다. 둘째는 셋째가, 셋째는 넷째가 서로서로 품앗이˚를 하여 등목을 하고 난 뒤 큰오빠가 "내 등에도 물 좀 끼얹어라." 하면 모두들 쩔쩔매었다. 우리 형제들뿐만 아니라 동네 사람들도 큰오빠를 예사롭게 대하지 않았다. 인조˚ 속치마를 펄럭이고 다니면서 동네의 온갖 일을 다 참견하곤 하던 은자 엄마도 큰오빠가 지나가면서 인사를 하면 허둥지둥 찐빵 가게로 들어갈 궁리부터 했으니까.

　기다린다아, 고 길게 빼면서 끊었던 은자의 전화를 의식한 탓인지 나는 그날따라 일찍 저녁밥을 마쳤다. 서두르지 않더라도 아홉 시까지는 그 애가 일한다는 새부천 클럽에 갈 수가 있

등목 목물. 팔다리를 뻗고 엎드린 사람의 허리 위에서부터 목까지를 물로 씻어 주는 일.
품앗이 힘든 일을 서로 거들어 주면서 품을 지고 갚고 하는 일.
인조(人造) 인조견(人造絹). 누에고치에서 얻은 명주실로 짠 비단이 아닌, 사람이 만든 명주실로 짠 비단.

었다. 작은방에서 책을 읽고 있던 남편은 아이야 자기도 재울 수 있으니 가 보라고 권하기도 하였다. 소설의 주인공이 부천의 한 클럽에서 노래를 부르고 있다는 사실에 대해 그 역시 은자에게 흥미가 많은 사람이었다. 시간은 자꾸 흘러가고 있었다. 아홉 시가 가까워 오자 아이는 연신 하품을 하기 시작했다. 재울 것도 없이 고단한 딸애는 금방 쓰러져 꿈나라로 갈 것이었다. 집 앞 큰길에는 귀가하는 이들이 타고 온 택시가 심심치 않게 빈 차로 나가곤 하였다. 일어서서 집을 나가 택시만 타면 되었다. 택시 기사에게 "시내로 갑시다."라고 이르기만 하면 되었다. 그런데도 얼른 몸을 일으킬 수가 없었다.

여덟 시 무대를 끝내고 은자는 내가 올까 봐 입구 쪽만 주시하며 있을 것이었다. 아홉 시를 알리는 시보가 울리고 텔레비전에서 저녁 뉴스가 시작될 때까지도 나는 그대로 있었다. 아이는 마침내 잠이 들었고 남편은 낚시 잡지를 뒤적이면서 월척한 자의 함박웃음을 부러운 듯이 들여다보고 있었다. 몇 가지 낚시도구를 사들이고, 낚시에 관한 정보를 놓치지 않으려고 귀를 모으면서, 매번 지켜지지 않을 낚시 계획을 세우는 그는 단 한 번의 배 낚시 경험밖에 없는 사람이었다. 단 한 번의 경험은 그를 사로잡기에 충분하였다. 어느 주말 홀연히 떠나가 낚싯대를 드리

주시하다(注視--) 어떤 목표물에 주의를 집중하여 보다.
시보(時報) 표준 시간을 알리는 일.
월척(越尺) 낚시에서, 낚은 물고기가 한 자(약 30.3cm)가 넘음. 또는 그 물고기.

우게 되기까지는 그 자신 풀어야 할 매듭이 많은 사람이었다. 어떤 때 그는 마치 낚시꾼이 되기 직전의 그 경이로움만을 탐하는 것처럼 보이기도 하였다. 봉우리를 향하여 첫발을 떼는 자들이 으레 그렇듯 그는 세상살이의 고단함에 빠질 때마다 낚시터의 꾼들 속에 자기를 넣어 두고 싶어 하였다. 나는 그가 뒤적이는 낚시 잡지의 원색 화보를 곁눈질하면서 미구˙에 그가 낚아 올릴 물고기를 상상해 보았다. 상상 속에서 물고기는 비늘을 번뜩이며 파닥거리고 시계는 은자의 두 번째 출연 시간을 가리키며 째깍거리고 있었다.

다음 날 아침 어김없이 은자의 전화가 걸려 왔다. 토요일이었다. 이제 오늘 밤과 내일 밤뿐이었다. 은자도 그것을 강조하였다.

"설마 안 올 작정은 아니겠지? 고향 친구 한번 만나 보려니까 되게 힘드네. 야, 작가 선생이 밤무대 가수 신세인 옛 친구 만나려니까 체면이 안 서대? 그러지 마라. 네 보기엔 한심할지 몰라도 오늘의 미나 박이 되기까지 참 숱하게도 넘어지고 또 넘어지고 했으니까."

그렇게 말할 만도 하였다. 고상한 말만 골라서 신문에 내고 이렇게 해야 할 것 아니냐, 저렇게 되면 곤란하다, 라고 말하는 게 능사˙인 작가에게 밤무대 가수 친구가 웬 말이냐고 볼멘소리˙를

미구(未久) (주로 '미구에' 꼴로 쓰여) 얼마 오래지 아니함.
능사(能事) 자기에게 알맞아서 잘해 낼 수 있는 일.
볼멘소리 서운하거나 성이 나서 퉁명스럽게 하는 말투.

해 볼 만도 하였다. 나는 아무런 대꾸도 할 수 없었다. 박은자에서 미나 박이 되기까지 그 애는 수없이 넘어지고 또 넘어진 모양이었다. 누군들 그러지 않겠는가. 부천으로 옮겨 와 살게 되면서 나는 그런 삶들의 윤기 없는 목소리를 많이 듣고 있었다. 딱히 부천이어서가 아니라 내가 부천 사람이어서 그랬을 것이었다. 창가에 붙어 앉아 귀를 모으고 있으면 지금이라도 넘어져 상처 입은 원미동 사람들의 이야기를 들을 수 있었다. 넘어졌다가 다시 일어나고, 또 넘어지는 실패의 되풀이 속에서도 그들은 정상을 향해 열심히 고개를 넘고 있었다. 정상의 면적은 좁디좁아서 아무나 디딜 수 있는 곳이 아니라는 엄연한 현실도 그들에게는 단지 속임수로밖에 납득되지 않았다. 설령 있는 힘을 다해 기어올랐다 하더라도 결국은 내리막길을 마주해야 한다는 사실 또한 수긍하지 않았다. 부딪치고, 아등바등˙ 연명하며˙ 기어 나가는 삶의 주인들에게는 다른 이름의 진리는 아무런 소용도 없는 것이었다. 그들에게 있어 인생이란 탐구하고 사색하는˙ 그 무엇이 아니라 몸으로 밀어 가며 안간힘으로 두들겨야 하는 굳건한 쇠문이었다. 혹은 멀리 보이는 높은 산봉우리였다.

　은자는 마침내 봉우리 하나를 넘었다고 믿는 사람 중의 하나였다. 노래로는 도저히 먹고 살 수 없어서 노래를 그만둔 적도

아등바등　무엇을 이루려고 애를 쓰거나 우겨 대는 모양.
연명하다(延命--)　목숨을 겨우 이어 살아가다.
사색하다(思索--)　어떤 것에 대하여 깊이 생각하고 이치를 따지다.

있었다고 했다. 처음의 전화 이후, 아니 더 정확히 말하면 내가 허겁지겁 달려 나오지 않으리란 것을 그 애가 눈치챈 이후 은자는 하나씩 둘씩 자신의 과거를 털어놓곤 했었다. 싸구려 흥행단에 끼어 일본 공연을 갔던 적이 있었는데 돌아오지 않을 작정으로 마지막 공연 날, 단체에서 이탈해 무작정 낯선 타국 땅을 헤맨 경험도 있다는 말은 두 번째 전화에서 들었던가. 그런데 오늘은 더욱 비참한 과거 하나를 털어놓았다. 악단 연주자였던 지금의 남편을 만나 살림을 차린 뒤 극장식 스탠드바의 코너를 하나 분양받았다가 빚더미에 올라앉게 되었던 모양이었다. 은자는 주안·부평·부천 등을 뛰어다니며 겹치기를 하고 남편 역시 전속으로 묶여 새벽까지 기타 줄을 튕겨야 했다고 하였다. 첫아이를 임신하고 있는 중이었으나 부른 배를 내민 채 술집 무대에 설 수가 없었다. 코르셋으로, 헝겊으로 배를 한껏 조이고서야 허리가 쑥 들어간 무대 의상을 입을 수가 있었다. 한 달쯤 그렇게 하고 났더니 뱃속에서 들려오던 태동이 어느 날부터인가 사라져 버렸다. 이상하긴 했지만 그런대로 또 보름가량 배를 묶어 놓고 노래를 불렀다. 그러고 나서야 병원에 갔다가 아이가 이미 오래전에 숨졌다는 사실을 알게 되었다면서 은자

흥행단(興行團) 영리를 목적으로 연극, 영화, 서커스 따위를 요금을 받고 대중에게 보여 주는 단체.
이탈하다(離脫--) 어떤 범위나 대열에서 떨어져 나오거나 떨어져 나가다.
전속(專屬) 권리나 의무가 오직 특정한 사람이나 기관에 딸림.
코르셋(corset) 배와 허리의 맵시를 내기 위하여 배에서 엉덩이에 걸쳐 받쳐 입는 여자의 속옷.
태동(胎動) 모태 안에서의 태아의 움직임.

는 이렇게 말하였다.

"유명하신 작가한테는 소설 같은 이야기로밖에 안 들리겠지? 아무리 슬픈 소설을 읽어 봐도 내가 살아온 만큼 기막힌 이야기는 없더라. 안 그러면 무슨 소리인지 도통 못 알아먹을 소설뿐이고. 너도 읽으면 잠만 오는 소설을 쓰는 작가야? 하긴 네 소설은 아직 못 읽어 봤지만 말야. 인제 읽어야지. 근데, 너 돈 좀 벌었니?"

은자가 내 소설들을 읽지 않았다는 것은 참으로 다행한 일이었다. 바로 어젯밤에도 나는 '읽으면 잠만 오는' 소설을 쓰느라 밤새 진을 빼고 있었는지도 모를 일이었다. 그래 놓고도 대단한 일을 한 사람처럼 이 아침 나는 잠잘 궁리만 하고 있는 중이었다. 그런데 은자 또한 이제부터 몇 시간 더 자야 한다고 말하는 것이었다. 귀가 시간은 언제나 새벽이 다 되어서라고 했다. 그 애나 나나 밤일을 한다는 하나의 공통점이 있다는 사실을 떠올리며 나는 씁쓰레하게 웃어 버렸다.

은자는 졸음이 묻어 있는 목소리로 다시 오늘 저녁을 약속했다. 주말의 무대는 평일과 달라서 여덟 시부터 계속 대기 중이어야 한다고 했다. 합창 순서도 있고 백코러스로 뛸 때도 있다면서 토요일 밤의 손님들은 출렁이는 무대를 좋아하므로 시종일관 변화무쌍하게 출연진을 교체시키는 법이라고 일러 주었다.

―――――

시종일관(始終一貫) 일을 처음부터 끝까지 한결같이 함.

"무대에 올라도 잠깐잠깐이야. 자정까진 거기 있으니까 아무 때나 와도 좋아. 오늘하고 내일까지는 그 집에 마지막 서비스를 하는 거지 뭐. 내 노래 안 듣고 싶어? 옛날엔 노래 잘 들어줬잖니? 그리고 말야, 입구에서 미나 박 찾아왔다고 말하면 잘 모실 테니까 괜히 새침 떼느라고* 망설이지 마라."

물론 가겠노라고, 이제는 정말 짬이 나지 않았노라고 자신 있게 입막음을 하지도 못한 채 나는 어영부영 전화를 끊었다. 처음 그 애가 "혹시 은자라고, 철길 옆에 살던……" 하면서 전화를 걸어 왔을 때의 무작정한 반가움은 웬일이지 그 이후 알 수 없는 망설임으로 바뀌어져 있었다.

은자는 내 추억의 가운데에 서 있는 표지판이었다.* 은자를 기둥으로 하여 이십오 년 전의 한 해를 소설로 묶은 뒤로는 더욱 그러하였다. 기록한 것만을 추억하겠다고 작정한 바도 없지만 나의 기억은 언제나 소설 속 공간에서만 맴을 돌았다. 일 년에 한 번, 아버지 추도식에 참석하기 위해 고속버스를 타고 전주에 갈 때마다 표지판이 아니면 언뜻 알아볼 수 없을 만큼 달라져 있는 고향의 모습이 내게는 낯설기만 하였다. 이제는 사방팔방으로 도로가 확장되어 여관이나 상가 사이에 홀로 박혀 있는 친

---

* 새침 떼느라고 쌀쌀맞게 자기가 하고도 아니한 체, 알고도 모르는 체하느라고.
짬 어떤 일에서 손을 떼거나 다른 일에 손을 댈 수 있는 겨를.
어영부영 뚜렷하거나 적극적인 의지가 없이 되는대로 행동하는 모양.
* 은자는 내 추억의 가운데에 서 있는 표지판이었다 은자는, 가난했지만 가족이나 친구와의 따뜻하고 소중한 기억들이 남아 있는 '나'의 어렸을 때를 떠올리게 하는 존재이다.

정집도 예전의 모습을 거의 다 잃고 있었다. 옛집을 부수고 새로이 양옥으로 개축한˙ 친정집 역시 여관을 지으려는 사람이 진작부터 눈독을 들이고 있는 중이었다. 집 앞을 흐르던 하천이 복개˙되면서 동네는 급격히 시가지˙로 편입˙되기 시작하였다. 그나마 철길이 뜯기면서는 완벽하게 옛 모습이 스러져 버렸다. 작은 음악회를 열곤 하던 버드나무도 베어진 지 오래였고 찐빵 가게가 있던 자리로는 차들이 씽씽 달려가곤 했다. 아무래도 주택가 자리는 아니었다. 예전에는 비록 정다운 이웃으로 둘러싸인 채 오순도순 살아왔다 하더라도 지금은 아니었다. 은성장 여관, 미림 여관, 거부장 호텔 등이 이웃이 될 수는 없었다. 게다가 한창 크는 아이들이 있었다. 우리 형제들은 물론, 조카들까지 제 아버지에게 이사를 하자고 졸랐었다. 하지만 큰오빠는 좀체 집을 팔 생각을 굳히지 못하였다. 집을 팔라는 성화가 거세면 거셀수록 그는 오히려 집수리에 돈을 들이곤 하였다. 그 동네에서 마지막까지 버티고 있는 유일한 사람이 바로 큰오빠였다.

일 년에 한 번씩 타인의 낯선 얼굴을 확인하러 고향 동네에 가는 일은 쓸쓸함뿐이었다. 이제는 그 쓸쓸함조차도 내 것으로 남지 않게 될 것이었다. 누구라 해도 다시는 고향으로 돌아가지

개축하다(改築--) 집이나 축조물이 허물어지거나 낡아서 새로 짓거나 고쳐 쌓다.
복개(覆蓋) 하천에 덮개 구조물을 씌워 겉으로 보이지 않도록 함. 또는 그 덮개 구조물.
시가지(市街地) 도시의 큰 길거리를 이루는 지역.
편입(編入) 이미 짜인 한 동아리나 대열에 끼어 들어감.

못할 것이었다. 고향은 지나간 시간 속에 있을 뿐이니까.* 누구는 동구 밖의 느티나무로, 갯마을의 짠 냄새로, 동네를 끼고 흐르는 긴 강으로 고향을 확인하며 산다고 했다. 내게 남은 마지막 표지판은 은자인 셈이었다. 보이는 것들은, 큰오빠까지도 다 변하였지만 상상 속의 은자는 언제나 같은 모습이었다. 은자만 떠올리면 옛 기억들이, 내게 남은 고향의 모든 숨소리가 손에 잡힐 듯이 다가오곤 하였다. 허물어지지 않은 큰오빠의 모습도 그 속에 온전히 남아 있었다. 내가 새부천 클럽에 가서 은자를 만나 버리고 나면 그때부터는 어떤 표지판에 기대어 고향을 찾아갈 수 있을 것인지 정말 알 수 없었다.

  은자의 지금 모습이 어떤지 나는 전혀 떠올릴 수가 없다. 설령 클럽으로 찾아간다 하여도 그 애를 알아볼 수 있을지 자신할 수도 없었다. 내 기억 속의 은자는 상고머리에, 때 낀 목덜미를 물들인 박씨의 억센 손자국, 그리고 터진 겨드랑이 사이로 내보이던 낡은 내복의 계집아이로 붙박여 있었다. 서른도 훨씬 넘은 중년 여인의 그 애를 어떻게 그려 낼 수 있는가. 수십 년간 가슴에 품어 온 고향의 얼굴을 현실 속에서 만나고 싶지는 않다, 라고 나는 생각하였다. 만나 버린 뒤에는 내게 위안을 주었던 유

❖ 누구라 해도 다시는 ~ 속에 있을 뿐이니까 도시화로 인해 고향이 옛 모습을 잃고 너무나 많이 변하였으므로, 추억 속 아름다운 고향은 과거에만 존재할 뿐이라는 의미이다.
상고머리 머리 모양의 하나. 앞머리만 약간 길게 놓아두고 뒷머리와 옆머리를 짧게 치켜 올려 깎고 정수리 부분은 편평하게 다듬는다.

년의 소설도, 소설 속의 한 시대도 스러지고야 말리라는 불안감을 떨쳐 버릴 수가 없었다. 그렇다 하더라도 이미 현실로 나타난 은자를 외면할 수 있을는지 그것만큼은 풀 수 없는 숙제로 남겨 둔 채 토요일 밤을 나는 원미동 내 집에서 보내고 말았다.

일요일 낮 동안 나는 전화 곁을 떠나지 못하였다. 이제 은자는 가시 돋친 음성으로 나의 무심함을 탓할 것이었다. 그녀의 질책을 나는 고스란히 받아들일 작정이었다. 나는 그 애가 던져 올 말들을 하나하나 상상해 보면서 전화를 기다렸다. 오전에는 그러나 한 번도 전화벨이 울리지 않았다. 일요일은 언제나 그랬다. 약속을 못 지킨 원고가 있더라도 일요일에까지 전화를 걸어 독촉해 올 편집자는 없었다. 전화벨이 울린다면 그것은 분명 은자라고 나는 생각하였다.

오후가 되어서 이윽고 전화벨이 울렸다. 그러나 수화기에선 쉰 목소리 대신에 귀에 익은 동생의 목소리가 흘러나왔다. 고향에서 들려오는 살붙이°의 음성은 모든 불길한 예감을 젖히고 우선 반가웠다. 여동생이 전하는 소식은 역시 큰오빠에 관한 우울한 삽화°들뿐이었다. 마침내 집을 팔기로 하고 계약서에 도장을 찍었다는 것과, 한 달 남은 아버지 추도 예배는 마지막으로 그 집에서 올리기로 했다는 이야기였다. 계약서에 도장을 찍은 것

살붙이 혈육으로 볼 때 가까운 사람. 보통 부모와 자식의 관계에서 쓴다.
삽화(插話) 에피소드(episode). 어떤 이야기나 사건의 줄거리에 끼인 짤막한 토막 이야기.

은 어제였는데 큰오빠는 종일토록 홀로 술을 마셨다고 했다. 집을 팔기 원했으나 지금은 큰오빠의 마음이 정처 없을 때라서 식구들 모두 조마조마한 심정이라고 동생은 말하였다.

집을 팔았다고는 하지만 훨씬 좋은 집으로 옮길 수 있는 힘이 큰오빠에게 있으므로 걱정할 일은 아니었다. 하지만 큰오빠는 어제 종일토록 홀로 술을 마셨다고 했다. 나도, 그리고 동생도 걱정하지 않을 수 없을 만큼.

"이번 추도 예배는 한 사람이라도 빠지면 안 되겠어. 내가 오빠들한테도 모두 전화할 거야. 그렇지 않아도 큰오빠 요새 너무 약해졌어. 여관 숲이 되지만 않았어도 그 집 안 팔았을 텐데. 독한 소주를 얼마나 마셨는지 오늘 아침엔 일어나지도 못했대. 좋은 술 다 놓아두고 왜 하필 소주야? 정말 모르겠어. 전화나 한번 해 봐. 그리고 추도식 때 꼭 내려와야 해. 너무들 무심하게 사는 것 같아. 일 년 가야 한 번이나 만날까, 큰오빠도 그게 섭섭한 모양이야……."

그 집에서 동생들을 거두었고 또한 자식들을 길러 냈던 큰오빠였다. 그의 생애 중 가장 중요했던 부분이 거기에 스며 있었다. 큰오빠는, 신화를 창조하며 여섯 동생을 가르쳤던 큰오빠는 이미 한 시대의 의미를 잃은 사람이 되고 말았다. 이십오 년 전에는 젊고 잘생긴 청년이었던 그가 벌써 쉰 살의 나이로 늙어

무심하다(無心--) 남의 일에 걱정하거나 관심을 두지 않다.

가고 있었다. 이십오 년을 지내 오면서 우리 형제 중 한 사람은 땅 위에서 사라졌다. 목숨을 버린 일로 큰오빠를 배신했던 셋째 말고는 모두들 큰오빠의 신화를 가꾸며 살고 있었다.※ 여태도 큰형을 어려워하는 둘째 오빠는 큰오빠의 사업을 돕는 오른팔˙의 역할을 묵묵히 수행하면서 한편으로는 화훼˙에 일가견˙을 이루고 있었다. 내과 전문의로 개업하고 있는 넷째 오빠도, 행정고시˙에 합격하여 고급 공무원이 된 공부 벌레 다섯째 오빠도 큰오빠의 신화를 저버리지 않았다. 고향의 어머니와 큰오빠가 보기에는 거짓말을 능수능란하게˙ 지어 낼 뿐인, 책만 끼고 살더니 가끔 글줄이나 짓는가 보다는 나 또한 궤도˙ 이탈자˙는 결코 아닌 셈이다. 아버지가 세상을 뜨던 해에 고작 한 살이었던 내 여동생은 벌써 두 아이의 엄마가 되어 음악 선생으로 일하고 있는 중이었다.

그러나 정작 큰오빠 스스로가 자신이 그려 놓은 신화에 발이

※ 모두들 큰오빠의 신화를 가꾸며 살고 있었다 가족을 위해 살아온 큰오빠의 희생이 헛되지 않게 동생들 모두 자립하여 번듯한 직업을 가지고 살고 있었다.
오른팔 가장 가까이에서 중요한 역할을 맡아 도와주는 사람을 비유적으로 이르는 말.
화훼(花卉) 화초. 꽃이 피는 풀과 나무 또는 꽃이 없더라도 관상용이 되는 모든 식물을 통틀어 이르는 말.
일가견(一家見) 어떤 문제에 대하여 독자적인 경지나 체계를 이룬 견해.
행정고시(行政考試) 행정고등고시. 5급 공무원 공개 채용 시험의 하나. 외무고등고시, 기술고등고시와 함께 공무원 임용 시험령에 따라 실시한다.
능수능란하다(能手能爛--) 일 따위에 익숙하고 솜씨가 좋다.
궤도(軌道) 일이 발전하는 본격적인 방향과 단계.
이탈자(離脫者) 어떤 범위나 대열 등에서 떨어져 나오거나 떨어져 나간 사람.

묶이고 말았다.* 공장에서 돈을 찍어 내서라도 동생들을 책임져야 했던 시절에는 우리들이 그의 목표였다. 새로운 사업을 시작할 때마다 실패할 수 없도록 이를 악물게 했던 힘은 그가 거느린 대가족의 생계였었다. 하지만 지금은 동생들이 모두 자립을 하였다. 돈도 벌 만큼 벌었다. 한때 그가 그렇게 했듯이 동생들 또한 젊고 탱탱한 활력으로 사회 속에서 뛰어가고 있었다. 저들이 두 발로 달릴 수 있게 된 것은 누구 때문인가, 라고는 묻고 싶지 않지만 노쇠해˙ 가는 삶의 깊은 구멍*은 큰오빠를 무너지게 하였다. 몇 년 전의 대수술로 겨우 목숨을 건진 이후부터는 눈에 띄게 큰오빠의 삶이 흔들거렸었다. 이것도 해선 안 되고 저것도 위험하며 이러저러한 일은 금하여라, 는 생명의 금칙˙이 큰오빠를 옥죄었다.˙ 열심히 뛰어 도달해 보니 기다리는 것은 허망함뿐이더라는 그의 잦은 한탄을 전해 들을 때마다 나는 큰오빠가 잃은 것이 무엇인가를 생각해 보지 않을 수 없었다. 내가 수없이 유년의 기록을 들추면서 위안을 받듯이 그 또한 끊임없이 과거의 페이지를 넘기며 현실을 잊고 싶어 하는지도 모를 일이

✣ 그러나 정작 큰오빠 ~ 묶이고 말았다 대가족의 생계를 책임지고 자수성가한 것이 큰오빠 '자신이 그려 놓은 신화'라면, 이런 신화가 이루어진 현재 큰오빠는 삶의 목표를 상실하여 허탈감에 빠지고 말았다는 의미이다.
노쇠하다(老衰--) 늙어서 쇠약하고 기운이 별로 없다.
✣ 노쇠해 가는 삶의 깊은 구멍 큰오빠가 나이가 들어 삶의 목표를 이루자 공허해하는 모습을 형상화한 것이다.
금칙(禁飭) 하지 못하게 타이름.
옥죄다 안쪽으로 조금 오그라지게 하여 바짝 죄다.

었다. 그러면서 한 발자국 한 발자국씩 이 시대에서 멀어지는 연습을 하는지도.*

 머지않아 여관으로 변해 버릴 집을 둘러보며, 집과 함께해 온 자신의 삶을 안주 삼아 쓴 술을 들이키는 큰오빠의 텅 빈 가슴을 생각하면 무력한 내 자신이 안타까웠다. 아버지 산소에 불쑥불쑥 찾아가서 죽은 자와 함께 한 병의 술을 비우는 큰오빠의 마음을 알 수 있을 것도 같았다. 한 인간의 뼈저린 고독은 살아 있는 자들 중 누구도 도울 수 없다는 것, 오직 땅에 묻힌 자만이 받아 줄 수 있다는 것은 의미심장하였다. 동생은 마지막으로 어머니의 결심을 전해 주고 전화를 끊었다. 말하자면 그것은 어머니가 큰아들을 위해 할 수 있는 유일한 방법인 셈이었다.

 "오늘 아침부터 엄마, 금식 기도 시작했어. 큰오빠가 교회에 나갈 때까지 아침 금식하고 기도하신대. 몇 달이 걸릴 지 몇 년이 걸릴지, 노인네 고집이니 어련하겠수."

 교회만 다니게 된다면, 그리하여 주님을 맞아들이기만 한다면 당신이 견뎌 온 것처럼 큰오빠 또한 허망한 세상에 상처받지 않으리라 믿는 어머니였다. 어쨌거나 간에 나로서는 어머니의 금식 기도가 가까운 시일 안에 끝나지길 비는 수밖에 다른 도리

✤ 그러면서 한 발자국 ~ 연습을 하는지도 신화의 주인공인 큰오빠가 현실에서 잊혀져 가는 자신의 존재감에 익숙해지기 위해 노력하는 것인지도.
의미심장하다(意味深長--) 뜻이 매우 깊다.
금식 기도(禁食祈禱) 치료나 종교, 또는 그 밖의 이유로 일정 기간 동안 음식을 먹지 않고 기도하는 것.

가 없었다. 동생의 전화를 받고 난 다음 나는 달력을 넘겨서 추도식 날짜에 붉은 동그라미를 두 개 둘러 놓았다.

오후가 겨웁도록˙ 은자에게서는 아무런 연락도 없었다. 지난밤에도 나타나지 않은 옛 친구를 더 이상은 알은체 않겠다고 다짐한 것은 아닌지 슬그머니 걱정이 되기도 하였다. 오늘 밤의 마지막 기회까지 놓쳐 버리면 영영 그 애의 노래를 듣지 못하리라는 생각도 나를 초조롭게 하였다. 그 애가 나를 애타게 부르는 것에 답하는 마음으로라도 노래만 듣고 돌아올 수는 없을까 궁리를 하기도 했다. 진달래가 흐드러지게 피었더라고, 연초록 잎사귀들이 얼마나 보기 좋은지 가만히 있어도 연초록 물이 들 것 같더라고, 남편은 원미산을 다녀와서 한껏 봄소식을 전하는 중이었다. 원미동 어디에서나 쳐다볼 수 있는 길다란 능선˙들 모두가 원미산이었다. 창으로 내다보아도 얼룩진 붉은 꽃 무더기가 금방 눈에 띄었다. 진달래꽃을 보기 위해서는 꼭 산에까지 가야만 된다는 법은 없었다. 나는 딸애 몫으로 사 준 망원경을 꺼내어 초점을 맞추었다. 원미산은 금방 저만큼 앞으로 걸어와 있었다. 진달래는 망원경의 렌즈 속에서 흐드러지게 피어났고 새순들이 돋아난 산자락은 푸른 융단처럼 부드러웠다. 그 다음에 그가 길어 온 약수를 한 컵 마시면 원미산에 들어갔다 나온

겨웁다 '겹다'의 잘못된 표현. 때가 지나거나 기울어서 늦다.
능선(稜線) 산등성이를 따라 죽 이어진 선.

자나 집에서 망원경으로 원미산을 살핀 자나 다를 게 없었다. 망원경으로 원미산을 보듯, 먼 곳에서 은자의 노래만 듣고 돌아온다면…….

마침내 나는 일요일 밤에 펼쳐질 미나 박의 마지막 무대를 놓치지 않겠다고 작정하였다. '검은 상처의 블루스'를 다시 듣게 된다면 더 이상 바랄 게 없겠지만 미나 박의 레퍼토리가 어떤 건지는 짐작할 수 없었다. 미루어 추측하건대 그런 무대에서는 흘러간 가요가 아니겠느냐는 게 짐작의 전부였다. 그렇다 하더라도 내 귀가 괴로울 까닭은 없었다. 나는 이미 그런 노래들을 좋아하고 있었다. 얼마 전 택시에서 흘러나오는, 끝도 없이 이어지는 트로트 가요의 메들리가 그렇게 듣기 좋을 수가 없었다. 부천역에서 원미동까지 오는 동안만 듣고 말기에는 너무 아쉬웠다. 그래서 나는 택시 기사에게 노래 테이프의 제목까지 물어두었다. 아직까지 그 테이프를 구하지는 못했지만 구성지게 흘러나오는 옛 가요들이 어째서 술좌석마다 빠지지 않고 앙코르 되는지 이제는 확실하게 이해할 수 있었다.

새부천 나이트클럽은 의외로 이 층에 있었다. 막연히 지하의 음습한 어둠을 상상하고 있었던 나는 입구의 화려하고 밝은 조

레퍼토리(repertory) 음악가나 극단 등이 무대 위에서 공연할 수 있도록 준비한 곡목이나 연극 제목의 목록.
메들리(medley) 여러 노래의 일부를 조금씩 이어 붙여 한 곡으로 만든 곡.
음습하다(陰濕--) 정서적으로 느끼기에 음산하고 눅눅하다.

명이 낯설고 계면쩍었다.˙ 안에서 들려오는 요란한 밴드 소리, 정확히 가려낼 수는 없지만 수많은 사람들이 어우러져 내는 소음들 때문에 나는 불현듯 내 집으로 돌아가고 싶어졌다. 이럴 줄도 모르고 아까 집 앞에서 지물포˙ 주씨에게 좋은 데 간다고 대답했던 게 우스웠다. 가게 밖에 진열해 놓은 벽지들을 안으로 들이던 주씨가 늦은 시각의 외출이 놀랍다는 얼굴로 물었었다.

"어데 가십니꺼?"

봄철 장사가 꽤 재미있는 모양, 요샌 얼굴 보기 힘든 주씨였다. 한겨울만 빼고는 언제나 무릎까지 닿는 반바지 차림인 주씨의 이마에 땀이 번들거리고 있었다. 가죽 문을 밀치고 나오는 취객˙들의 이마에도 땀이 번뜩거리는 것을 나는 보았다. 계단을 내려가는 취객들의 어지러운 발자국 소리를 세고 있다가 나는 조심스럽게 가죽 문을 밀고 안으로 들어섰다.

기대했던 대로 홀 안은 한껏 어두웠다. 살그머니 들어온 탓인지 취흥˙이 도도한˙ 홀 안의 사람들 가운데 나를 주목한 이는 한 사람도 없었다. 구석에 몸을 숨기고 서서 나는 무대를 쳐다보았다. 이제 막 여가수 한 사람이 스포트라이트˙를 받으며 등장

계면쩍다 '겸연쩍다'의 변한말. 쑥스럽거나 미안하여 어색하다.
지물포(紙物鋪) 온갖 종이를 파는 가게.
취객(醉客) 술에 취한 사람.
취흥(醉興) 술에 취하여 일어나는 흥취.
도도하다(滔滔--) 벅찬 감정이나 주흥 따위를 막을 길이 없다.
스포트라이트(spotlight) 무대의 한 부분이나 특정한 인물만을 특별히 밝게 비추는 조명 방식.

한계령

하는 중이었다. 은자의 순서는 끝난 것인지, 지금 등장한 여가수가 바로 은자인지 나로서는 전혀 알 도리가 없었다. 내가 서 있는 자리에서 무대까지는 꽤 먼 거리였고 색색의 조명은 여가수의 윤곽을 어지럽게 만들어 놓기만 하였다. 짙은 화장과 늘어뜨린 머리는 여가수의 나이조차 어림할 수 없게 하였다. 이십오 년 전의 은자 얼굴이 어땠는가를 생각해 보려 애썼지만 내 머릿속은 캄캄하기만 하였다. 노래를 들으면 혹시 알아차릴 수도 있을 것 같아 나는 긴장 속에서 여가수의 입을 지켜보았다. 서서히 음악이 흘러나오기 시작하였다. 악단의 반주는 암울하였으며 느리고 장중하였다. 이제까지의 들떠 있던 무대 분위기는 일시에 사라지고 오직 무거운 빛깔의 음악만이 좌중을 사로잡았다.

그리고 탁 트인 음성의 노래가 여가수의 붉은 입술에서 흘러나오기 시작하였다. 저 산은 내게 우지 마라, 우지 마라 하고 발 아래 젖은 계곡 첩첩산중……. 가수의 깊고 그윽한 노랫소리가 홀의 구석구석으로 스며들면서 대신 악단의 반주는 점차 희미해져 갔다. 나는 자신도 모르게 한 걸음 앞으로 나가서 노래를 맞아들이고 있었다. 무언지 모를 아득한 느낌이 내 등허리를 훑어 내리고, 팔뚝으로 번개처럼 소름이 돋아났다. 나는 오싹 몸

장중하다(莊重--) 장엄하고 무게가 있다.
좌중(座中) 여러 사람이 모인 자리. 또는 모여 앉은 여러 사람.
첩첩산중(疊疊山中) 여러 산이 겹치고 겹친 산속.

을 떨면서 또 한 걸음 앞으로 나갔다. 가수는 호흡을 한껏 조절하면서, 눈을 감은 채 노래를 이어 가고 있었다. 저 산은 내게 잊으라, 잊어버리라 하고 내 가슴을 쓸어 내리네…….

가수의 목소리는 그윽하고도 깊었다. 거기까지 듣고 나서야 나는 비로소 저 노래를 예전부터 알고 있었다는 데 생각이 미쳤다.* 분명 몇 번 들은 적이 있었다. 그랬음에도 전혀 처음 듣는 것처럼 나는 노래에 빠져 있었다. 아니, 노래가 나를 몰아대었다. 다른 생각을 할 틈도 없이 노래는 급류처럼 거세게 흘러 들이닥쳤다. 아, 그러나 한 줄기 바람처럼 살다 가고파. 이 산 저 산 눈물 구름 몰고 다니는 떠도는 바람처럼……. 여가수의 목에 힘줄이 도드라지고 반주 또한 한껏 거세어졌다. 나는 훅, 숨을 들이마셨다.

어느 한순간 노래 속에서 큰오빠의 쓸쓸한 등이, 그의 지친 뒷모습이 내게로 다가왔다.* 그 모습을 보지 않으려고 나는 눈을 감았다. 눈을 감으니까 속눈썹에 매달려 있던 한 방울의 눈물이 볼을 타고 흘러내렸다.

노래의 제목은 '한계령'이었다. 그러나 내가 알고 있었던 한계령과 지금 듣고 있는 한계령 사이에는 커다란 차이가 있었다.

✤ 거기까지 듣고 ~ 생각이 미쳤다 '나'는 여가수의 노래에 빠진 나머지 그 노래를 처음 듣는 것이 아니라는 사실도 인지하지 못했다. 그만큼 여가수의 노래가 인상적이었다는 의미이다.
급류(急流) 물이 빠른 속도로 흐름. 또는 그 물.
✤ 어느 한순간 ~ 내게로 다가왔다 '나'는 노래 가사에서 큰오빠의 희생적이고 고달팠던 지난 삶과, 허망함을 느끼고 있는 현재의 지친 모습을 떠올리고 있다.

노래를 듣기 위해 이곳에 왔다면 나는 정말 놀라운 노래를 듣고 있는 셈이었다. 무대 위에서 혼신의 힘을 다해 노래를 부르는 저 여가수가 은자 아닌 다른 사람일지라도 상관없는 일이었다. 나는 온몸으로 노래를 들었고 여가수는 한순간도 나를 놓아 주지 않았다.

발 밑으로, 땅 밑으로, 저 깊은 지하의 어딘가로 불꽃을 튕기는 전류가 자꾸 쏟아져 내리는 것 같았다. 질퍽하게 취하여 흔들거리고 있는 테이블의 취객들을 나는 눈물 어린 시선으로 어루만졌다. 그들에게도 잊어버려야 할 시간들이, 한 줄기 바람처럼 살고 싶은 순간들이 있을 것이었다. 어디 큰오빠뿐이겠는가. 나는 다시 한 번 목이 메었다. 그때, 나비넥타이의 사내가 내 앞을 가로막고 정중하게 고개를 숙였다.

"테이블로 안내해 드릴까요?"

웨이터의 말대로 나는 내가 앉아야 할 테이블이 어딘가를 생각했다. 그리고는 막막한 심정으로 뒤를 돌아다보았다. 뒤는, 내가 돌아본 그 뒤는 조명이 닿지 않는 컴컴한 공간일 뿐이었다. 아마도 거기에는 습기 차고 얼룩진 벽이 있을 것이었다. 나는 웨이터에게 무언가를 말하려고 하였다. 하지만 아무런 말도 나오지 않았다.

혼신(渾身) 온몸.
막막하다(漠漠--) 아득하고 막연하다.

저 산은 내게 내려가라, 내려가라 하네. 지친 내 어깨를 떠미네……. 더듬거리고 있는 내 앞으로 '한계령'의 마지막 가사가 밀물처럼 몰려오고 있었다.

집에 돌아와서야 나는 내가 만난 그 여가수가 은자라는 것을 확신하였다. 넘어지고 또 넘어지고, 많이도 넘어져 가며 그 애는 미나 박이 되었지 않은가. 울며 울며 산등성이를 타오르는 그 애, 잊어버리라고 달래는 봉우리, 지친 어깨를 떨구고 발아래 첩첩산중을 내려다보는 그 막막함을 노래 부른 자가 은자였다는 것을 그제야 깨달은 것이었다.

그날 밤, 나는 꿈속에서 노래를 만났다. 노래를 만나는 꿈을 꿀 수도 있다는 사실을 그 밤에 나는 처음 알았다. 노래 속에서 또한 나는 어두운 잿빛 하늘 아래의 황량한 산을 오르고 있는 한 무리의 사람들도 만났다. 그들은 모두 지쳐 있었고 제각기 무거운 짐 꾸러미를 어깨에 메고 있었다. 짐 꾸러미의 무게에 짓눌려 등은 휘어졌는데, 고갯마루는 가파르고 헤쳐야 할 잡목은 억세기만 하였다. 목을 축일 샘도 없고 다리를 쉴 수 있는 풀밭도 보이지 않는 거친 숲에서 그들은 오직 무거운 발걸음만 앞으로 앞으로 옮길 뿐이었다.

그들 속에 나의 형제도 있었다. 큰오빠는 앞장을 섰고 오빠들은 뒤를 따랐다. 산봉우리를 향하여 한 걸음씩 옮길 때마다 두

잡목(雜木) 다른 나무와 함께 섞여서 자라는 여러 가지 나무.

고 온 길은 잡초에 뒤섞여 자취도 없이 스러져 버리곤 하였다. 그들을 기다려 주는 것은 잊어버리라는 산울림, 혹은 내려가라고 지친 어깨를 떠미는 한 줄기 바람일 것이었다. 또 있다면 그것은 잿빛 하늘과 황토의 한 뼘 땅이 전부일 것이었다. 그럼에도 등을 구부리고 짐 꾸러미를 멘 인간들은, 큰오빠까지도 한사코 봉우리를 향하여 무거운 발길을 옮겨 놓고 있었다.

그리고 사흘이 지났다. 은자는 늦은 아침, 다시 쉰 목소리로 내게 나타났다.

"전라도 말로 해서 너 참 싸가지 없더라. 진짜 안 와 버리대?"

고향의 표지판답게 그녀는 별수 없이 전라도 말로 나의 무심함을 질타하였다. 일요일 밤에 새부천 클럽으로 찾아갔다는 말은 하지 않은 채 나는 그냥 웃어 버렸다. 물론 '한계령'을 부른 가수가 바로 너 아니었느냐는 물음도 하지 않았다.

"내가 지금 바쁜 몸만 아니면 당장 쫓아가서 한바탕 퍼부어 주겠지만 그럴 수도 없으니. 어쨌든 앞으로 서울 나올 일 있으면 우리 카페로 와. 신사동 로터리 바로 앞이니까 찾기도 쉬워. 일주일 후에 오픈할 거야. 이름도 정했어. 작가 선생 마음에 들는지 모르겠다. '좋은 나라'라고 지었는데, 네가 못마땅해도 할 수 없어. 벌써 간판까지 달았는걸 뭐."

한사코(限死-) 죽기로 기를 쓰고.
질타하다(叱咤--) 큰 소리로 꾸짖다.

좋은 나라로 찾아와. 잊지 마라. 좋은 나라. 은자는 거듭 다짐하며 전화를 끊었다. 그녀가 카페 이름을 '좋은 나라'로 지은 것에 대해 나는 조금도 못마땅하지 않았다. 얼마나 좋은 이름인가. 다만 내가 그 좋은 나라를 찾아갈 수 있을는지, 아니 좋은 나라 속에 들어가 만날 수 있게 되는지 그것이 불확실할 뿐이었다.

■ 「한국문학」(1987) ; 『원미동 사람들』(문학과지성사, 1987)

한계령

등장인물 들여다보기

나

'나'는 이 작품의 화자로, 이름이 꽤 알려진 소설가입니다. '나'는 집안의 기둥이었던 큰오빠가 삶의 허망함에 빠져 힘들어한다는 소식을 들은 데다, 어린 시절 친구인 은자가 연락을 해 온 것을 계기로 전주에서 보냈던 어린 시절을 떠올리게 됩니다.

'나'는 결혼해서 소설가로 비교적 안정된 삶을 누리고 있지만, 유년 시절에는 형제 많은 집에서 경제적으로 어렵게 살았습니다. 그렇지만 유년 시절은 '나'가 현재를 버텨 가는 힘이 되기도 합니다. 힘들었지만 삶의 고비를 함께 넘긴 가족과 친구가 있었기 때문이지요.

'나'는 큰오빠와 은자를 통해 과거를 추억하고, 이들이 넘었을 삶의 고비를 안타깝게 여깁니다. 또한 소설 쓰기의 어려움, 큰오빠의 변화와 같은 현재의 어려움을 이 기억의 힘으로 버팁니다. 소설가라는 '나'의 직업은 다른 사람의 삶에 귀를 기울이고, 이들의 이야기를 대신 들려주는 일과 관련이 있습니다. '나'가 이 작품에서 들려주는 큰오빠와 은자, 그리고 '나'의 가족 이야기는 1960~70년대에 저마다 사연을 지니고 살아갔던 한국인의 보편적인 이야기이기도 합니다. '나'는 이런 평범한 사람들의 이야기를 따뜻한 시각으로 들려주는 인물이라 할 수 있습니다.

은자

'나'의 어린 시절 친구입니다. 현재 '미나 박'이라는 이름으로 부천의 나이트클럽이나 스탠드바와 같은 밤업소에서 가수로 활동하고 있으며, 곧 서울 강남의 신사동에 카페를 개업할 정도로 나름의 성공을 이루어 낸 인물이지요. 그러나 '오늘의 미나 박이 되기까지 참 숱하게도 넘어지고 또 넘어지고 했'다는 은자의 말에서 그녀가 수많은 어려움을 겪어 왔다는 것을 알 수 있습니다.

은자는 과거 가족사의 비극(아버지가 은자 언니를 사랑했던 청년에게 살해된 사건)과 가난을 극복하고 이 '유황불' 같은 세상에서 살아남았습니다. 그렇기 때문에 은자의 존재는 '나'에게 살아남은 자의 인생이 지닌 진정성을 가르쳐 줍니다. 넘어졌다가 일어나고 또 넘어지면서도, 이들은 있는 힘을 다해 삶의 봉우리를 향해 올라가는 존재들이고, 몸을 부딪쳐 삶과 대면하는 자들입니다. 은자는 이처럼 넘어져서 상처 입으면서도 계속 앞으로 나아가는 사람들을 대변하는 존재입니다.

큰오빠

큰오빠는 아버지가 돌아가시자 이른 나이부터 한 가정을 책임져 온 인물입니다. '나'와 가족에게 큰오빠는 '튼튼하고 믿음직스러웠던' 둑과 같은 존재였습니다. 그런 큰오빠가 현재 삶의 진이 다 빠진 듯 지쳐 있습니다.

큰오빠는 대가족을 부양하고 사업에 있어서도 나름대로 성공했으나, 동생들이 모두 기반을 잡고 독립하면서 무력감과 허탈감에 빠져 있습니다. 폭음을 하고 때로는 며칠씩 집을 나가 연락도 없이 떠돌아다니기도 하지요. 큰오빠에게는 가족의 생존과 성장을 책임지는 것이 삶의 목표였는데, 그 목표를 상실하자 무력감과 허탈감에 빠지게 된 것이지요.

　큰오빠는 궁핍한 시대에 대가족의 생계를 책임졌던 한국의 청년 가장들을 대변합니다. 이십여 년이 지나 고향 집 주변에도 도시화와 변화의 물결이 밀어닥치지만 큰오빠는 마지막까지 집을 팔지 않으려 버팁니다. 그에게 집은 자신의 젊은 시절과 가족 공동체의 유대가 남아 있던 과거를 상징하기 때문이지요. 큰오빠는 힘들었지만 대가족의 활력이 있었던 한때를 그리워하고, 변화된 현실을 쉽사리 인정하지 못합니다. 이러한 큰오빠는 우리나라의 근대화와 경제 성장을 이끌었던 기성세대를 대표한다고 볼 수 있습니다.

● 작품 Q&A

"선생님, 궁금해요!"

Q 이 작품의 시간적, 공간적 배경을 설명해 주세요.

A 이 작품은 '나'의 어린 시절과 성인이 된 현재를 교차해 가면

서 이야기가 진행됩니다. 구체적으로는 어느 날 걸려 온 친구 은자의 전화를 계기로, 소설가가 된 '나'가 과거 1960년대 어린 시절 고향 전주에서의 삶과 현재 시점인 1980년대 자기 가족의 삶을 비교하고 대조해 가면서 진술하는 방식으로 전개됩니다.

6, 70년대 산업화 시대에 숨가쁘게 살아왔던 사람들은 '나'의 큰오빠처럼 젊은 시절을 온통 가족을 부양하느라 고생하며 보내거나, 은자네 가족처럼 더럽고 초라한 찐빵 가게를 근근이 운영해 먹고살곤 했습니다. 또 다 큰 딸들은 공장에서 일하거나 다방 종업원, 버스 안내양 같은 일을 해서라도 가족의 생계에 힘을 보태야 했습니다.

한편 80년대 현재는 개발 바람으로 인해 고향이 급속히 변화하고, '나'의 큰오빠 역시 동생들이 커서 고향을 떠나고 자신의 몸도 쇠약해지자, 과거의 강인함과 활력을 잃고 순식간에 허물어지는 것으로 제시되어 있습니다. 은자의 갑작스러운 전화를 계기로 '나'는 한동안 잊고 있었던 과거의 추억들을 떠올리고 그것을 현재와 대비해 보게 되는데요, "숱하게도 넘어지고 또 넘어지고 했"다는 은자의 전화와 고향 마을의 변화, 큰오빠의 변화 등은 '나'에게 큰오빠를 비롯한 가족, 은자나 '나'가 지금 살고 있는 부천의 여러 소시민들의 사연 많은 삶에 대해 돌아볼 수 있는 기회를 제공합니다.

이 작품은 공간적 배경보다 과거와 현재의 대비라는 시간적 배경이 더 중시되고 있습니다. 과거는 주로 '1960년대 전주'를 배경으로 그려지고 있으며, 생활은 어려웠지만 정을 함께 나누는 사람들이 있어서 아름다웠던 시절로 기억됩니다. 한편 현재는 '1980년대 경기도 부천시 원미동'을 배경으로, '나'의 가족이나 은자와 같은 사람들의 삶의 조건이 나아지기는 했지만 여전히 저마다 힘든 삶의 고개를 넘어가고 있다는 사실을 중심으로 이야기가 전개됩니다.

Q '나'의 큰오빠는 왜 요즘 들어 급속도로 허물어져 가는 것일까요? 그리고 왜 마지막까지 고향 집을 팔지 않으려 하는 것일까요?

A '나'는 "항상 꿋꿋하기가 대나무 같고 매사에 빈틈이 없어 도무지 어렵기만 하던" 큰오빠가 조금씩 조금씩 허물어져 가고 있다는 소식을 고향 집으로부터 전해 듣습니다. 아버지가 살아 있을 때부터 야간 대학을 다니면서 생계를 돕던 큰오빠는, 아버지가 돌아가신 후로는 대가족의 가장이 되어 가족의 생계라는 큰 짐을 지게 됩니다. 큰오빠의 희생으로 인해 동생들은 번듯한 직업을 가지고 사회에서 자기 몫을 하며 살아갈 수 있게 되었지요. 동생들이 다 자라고 삶의 목표가 사라지자, 큰오빠는 삶의 허망감을 느끼고, 무력해집니다. 그런데다가 현재 큰오빠의 삶의 터전인 전주 집 주변에도 도시화와 변화의 물결이 밀어닥칩니다. 큰오빠는 힘들었지만 대가족의 활력이 있었던 한때를 그리워하고, 변화된 현실을 쉽사리 인정하지 못합니다. 주변의 옛 모습이 다 사라졌는데도 고집을 부리고 고향 집을 팔려고 하지 않는 것은 고향 집이 당당했던 큰오빠의 젊은 시절을 상기시키고, 가족 공동체의 유대가 남아 있던 과거를 상징하기 때문입니다. 그래서 큰오빠는 형제들이 다 떠난 그곳에서 쓸쓸하고 무기력하게 지내는 것입니다.

이런 큰오빠의 모습은 산업화 시대에 가족에 대한 책임감으로 고된 삶을 살아온 수많은 가장들의 모습을 대변하고 있기도 합니다.

Q '나'는 은자가 몇 번이나 자신이 일하는 나이트클럽으로 오라고 부탁하는데도 계속 망설입니다. 또한 나이트클럽을 찾아가서도 끝내 은자를 만나지 않고 돌아옵니다. '나'는 왜 어린 시절의 소중한 친구를 만나기를 꺼리는 것일까요?

A 이 작품에서 '나'는 은자를 "내 추억의 가운데에 서 있는 표지판"이라고 표현합니다. 고향 마을의 풍경, 가족들, 만화책을 보고 유행가를 부르던 어린 시절의 추억 등이 다 은자와 관련이 있지요. 어린 시절의 은자를 주인공으로 한 소설을 쓰고, 때때로 그 소설을 읽으며 위안을 받을 만큼 '나'에게 은자는 고향 그 자체를 상징합니다. 그런 '나'가 은자를 만나는 것을 꺼리는 이유는 어린 시절의 추억을 잃고 싶지 않아서입니다. 사람은 누구나 나이가 들면서 모습도 변하고 여러 일들을 겪으면서 성격도 변하게 됩니다. '나'는 은자의 어린 시절은 잘 기억하고 있지만 어른이 된 모습을 본 적은 없습니다. '나'는 세상 풍파를 겪으면서 변해 버린 은자의 모습을 확인하게 될 것이 두려워 은자를 만나는 것을 꺼리는 것입니다. 변해 버린 은자를 만나면 자신이 힘들 때마다 회상하면서 위안을 받던 과거의 은자에 대한 환상이 깨질까 봐 두려워하는 것이지요.

더욱이 '나'의 과거를 지탱해 주었던 또 다른 한 축인 큰오빠는 당차고 책임감 강했던 과거의 모습을 잃어버린 채 무기력한 존재가 되었습니다. 그렇게 고향 마을도, 고향 마을을 지키고 있는 큰오빠도 모두 변해 버린 상황에서, 유일하게 변하지 않고 '나'의 마음속에 남아 있는 게 은자의 어린 시절 모습과 은자와 얽힌 어린 시절의 추억입니다. 그런 상황이기에 '나'는 은자를 만남으로써 그나마 남아 있던 어린 시절의 환상이 깨질까 봐 두려워하고 주저하는 것이라 볼 수 있습니다.

"수십 년간 가슴에 품어 온 고향의 얼굴을 현실 속에서 만나고 싶지는 않다, 라고 나는 생각하였다. 만나 버린 뒤에는 내게 위안을 주었던 유년의 소설도, 소설 속의 한 시대도 스러지고야 말리라는 불안감을 떨쳐 버릴 수가 없었다. 그렇다 하더라도 이미 현실로 나타난 은자를 외면할 수 있을는지 그것만큼은 풀 수 없는 숙제"라는 '나'의 말에서 알 수 있듯이 은자를 만나는 것은 힘든 시절을 견뎌 온 화자에게 위안이 되었던 유년 시절, 그리고 소설의 원천이 되었던 한 시대를 마감하는 일이 됩니다. 그렇다고 변해 버린 현실을 외면할 수도 없는 일입니다. 그러므로 '나'가 할 수 있는 일은 그 현실을 대면하는 일을 가능한 한 미루는 것입니다. '나'가 은자를 끝내 직접 만나지 않고, 먼발치에서 그 노래를 듣는 데 그치고 마는 것도 이 때문입니다.

Q 이 작품의 제목인 '한계령'과 작품 속에 삽입된 노래 '한계령'은 무엇을 의미하는지 설명해 주세요.

A '한계령'은 강원도 인제와 양양의 경계에 있는 고개의 이름으로, 영동 지역과 영서 지역을 나누는 분수령입니다. 지형이 높고 험하지만 경치가 아름다워 사람들이 즐겨 찾는 곳이기도 합니다.

'한계령'과 같은 고개는 문학 작품에서 삶을 비유할 때 많이 쓰입니다. 고개를 오르는 것과 삶에서 목표를 향해 나아가는 것이 비

숫하기 때문입니다. 1985년에 만들어진 '한계령'이라는 노래의 가사는 사람들이 무거운 짐을 지고 봉우리를 향해 힘겹게 올라가지만, 그들을 기다리는 것은 지친 어깨를 떠미는 바람밖에 없다는 것으로 요약됩니다. 산업화가 진행되던 1970년대, 우리나라 사람들은 마치 힘든 한계령 고개를 오르듯이 가족과 생존을 위해 앞만 보고 살아왔습니다. 하지만 삶에 지쳐 돌아보면 자신이 가졌던 꿈과 희망은 온데간데없고 허무감과 허탈감만을 느끼게 됩니다.

이 작품에서 '나'는 '한계령'이란 노래를 통해서 젊은 시절을 모두 바쳐 대가족을 부양해야 했고, 지금은 자신의 삶을 허탈하게 되돌아보는 큰오빠의 모습을 떠올리게 됩니다. '나'의 어린 시절 친구인 은자 역시 가수가 되기 위해 가출해서 서울로 올라온 후 빚을 지거나 배 속의 아이를 잃는 등 여러 번 힘든 삶의 고비를 넘겨 왔다고 합니다. '나'는 이처럼 삶의 고비를 넘겨온 큰오빠와 은자의 삶에 공감하고, 연민의 감정을 느낍니다.

하지만 '한계령'의 가사에 담긴 삶의 모습이 큰오빠나 은자에게만 해당하는 것은 아닙니다. 평범한 소시민들은 누구나 살아가면서 "넘어졌다가 다시 일어나고, 또 넘어지는 실패의 되풀이"를 경험하고, 그러면서도 열심히 정상을 향해 올라가려고 애써 본 경험이 있습니다. 삶에 오르막길이 있으면 내리막길이 있다는 것도 살아가면서 깨닫게 됩니다. 그러므로 '한계령' 가사의 주인공은 제각기 힘든 삶의 내력이 있는 이 시대의 우리 모두라고 할 수 있습니다.

이처럼 '한계령'이라는 노래는, 인생이 관념적인 지식을 통해 이해될 수 있는 것이 아니라, '나'와 동시대를 살아가는 소시민들이 몸으로 힘들게 이루어 낸 산물이라는 면에서 이해될 수 있는 것이라는, 어찌 보면 평범한, 그러나 소중한 진실을 담고 있습니다.

✤ 더 읽어 봅시다 ✤

인생을 '길'이나 '고개'에 비유한 작품

황석영, 〈삼포 가는 길〉 _ 뜨내기 노동자 영달, 이농민 정씨, 술집 여자 백화, 이 세 사람이 우연히 만나 여정을 함께하는 여로형 소설이다. '삼포'라는 전형적인 농어촌이 개발로 인해 훼손되고, 결국 세 주인공이 갈 곳이 없어진 상황을 제시함으로써 도시화와 산업화의 논리를 비판하고 있다.

이순원, 〈아들과 함께 걷는 길〉 _ 작가인 아버지가 초등학교 6학년인 어린 아들과 함께 강릉으로 가는 대관령 서른일곱 굽이를 넘으면서 나눈 대화를 기록한 작품이다. 길을 걷는 동안 나누는 부자의 대화를 통해, 부권 상실, 가족 간의 소통 등의 주제를 다루고 있다.

작가 소개

양귀자(1955 ~)

변두리 인생에 대한 연민과 희망을 이야기하다

양귀자는 1978년에 〈다시 시작하는 아침〉이 「문학사상」 신인상을 수상하면서 등단하였다. 그 후 주로 일상적 현실 속에서 갈등하는 소시민들의 생활을 그린 작품들을 모아 1985년에 창작집 『귀머거리 새』를 출간하였다. 이 외에도 단편집 『원미동 사람들』(1987), 『슬픔도 힘이 된다』(1993) 등과 장편 〈나는 소망한다 내게 금지된 것을〉(1992), 〈천년의 사랑〉(1995) 등을 출간하였다.

『원미동 사람들』(1987)은 1986년부터 1987년까지 연작의 형식으로 발표한 단편들을 모아 출간한 소설집이다. 실제로 작가가 1981년에 경기도 부천시 원미동으로 이사해 살면서 그곳에 사는 사람들의 고단한 삶과 절망, 희망을 작가 특유의 섬세하고 따뜻한 시선으로 그려 낸 작품이다. 그녀는 이 작품으로 평론가들로부터 천부적 재능이 있는 의식 있는 소설가로 주목받았다. 또한 박태원의 『천변풍경』 이후 그 맥을 잇는 훌륭한 세태 소설이면서 1980년대 단편 문학의 정수라는 평가도 받았다.

『원미동 사람들』에는 〈멀고 아름다운 동네〉부터 〈한계령〉에 이르는 총 11편의 단편들이 연작의 형식으로 연결되어 있다. 경기도 부천시 원미동을 공간적 배경으로 해서 그곳에서 살고 있는 다양한 인물들이 각 단편들의 중심 인물로 등장하다가, 다른 단편에서는 주변 인물로 등장하기도 한다. 서울 변두리 외곽 도시에 살고 있는 동네 주민들은 강남 부동산 박씨, 형제 슈퍼 김 반장, 행복 사진관 엄씨, 원미 지물포 주씨 등 소상인으로, 고단한 생계를 유지하며 반복적인 일상을 살아간다. 하지만 그곳 역시 삶의 터전이고, 다양한 성격과 삶의 내력을 가진 사람들이 살아가는 곳이므로 이해관계에 따라 갈등하기도 하고, 자신보다 약한 존재에게 폭력을 휘두르기도 하며 사랑을 꿈꾸거나 서로 간에 친밀한 관계를 맺고 싶어 하기도 한다. 작가는 그러한 원미동 사람들의 변함없는 일상과 그 안에 내재한 폭력과 소외 현상, 소통을 향한 열망, 미래를 향한 작은 희망 등을 따뜻한 시선으로 기록하고 있다.

〈원미동 시인〉에서는 국가 폭력의 희생자이나 동네 사람들로부터는 모자란 사람으로 취급받는 원미동 시인 몽달 씨를 통해 다른 사람들의 고통에 무관심한 각박한 세태에 대한 반성을 유도한다.

또한 〈비 오는 날이면 가리봉동에 가야 한다〉에서는 이농민인 임씨가 도시에 제대로 뿌리를 내리지 못하고 노동의 대가도 제대로 받지 못하는 현실을 비판하고, 이러한 임씨의 삶을 관찰하는 소시민적인 성향의 지식인인 '그'를 통해 도시 하층민과 소시민 간의 연대 가능성을 보여 준다.

〈한계령〉은 소설가 '나'가 과거 대가족을 이끌었던 큰오빠에 대한 기억과 어린 시절 친구였던 은자에 대한 기억, 즉 힘들었던 시절을 함께한 이들에 대한 기억과 이들의 현재 모습을 교차해서 그림으로써 삶의 어려움을 이겨 낸 사람들에 대한 애정을 드러낸다.

이 세 작품은 '나'(〈원미동 시인〉, 〈한계령〉)나 '그'(〈비 오는 날이면 가리봉동에 가야 한다〉)의 관찰을 통해 이야기가 전개된다. 이 관찰자들은 관찰 대상이 되는 힘없는 존재들에 대해 공감의 태도를 취하고 있다. 한국 현대사의 주역이면서도 그동안 주목받지 못했던 사회적 약자에 대한 따뜻한 공감의 시선은 타인에 대한 윤리적 태도를 보여 준 것으로 평가할 수 있다.

작가는 1990년대 이후에 장편 대중 소설을 주로 창작했다. 페미니즘 소설로 알려진 〈나는 소망한다 내게 금지된 것을〉(1992)이 대중과 평단의 주목을 받았고, 영화와 연극으로도 공연되었다. 〈천년의 사랑〉(1995)은 시공을 넘나드는 사랑 이야기로 200만 부가 팔렸으며, 〈모순〉(1998)은 치밀한 구성과 약간은 통속적인 주제 등으로 대중적인 인기를 얻었다. 1990년대 장편들은 통속 소설, 대중 소설로 폄하되기도 하였다. 그럼에도 양귀자의 작품은 치밀한 구성과 섬세한 세부 묘사, 사람에 대한 따뜻한 시선 등을 담고 있어 문학적으로 좋은 평가를 받았다. 또한 흡인력 있는 이야기 전개, 박진감 넘치는 문체로 대중들에게도 큰 호응을 받았다.

연보

1955년 _ 7월 17일 전북 전주시 경원동에서 아버지 양재환과 어머니 최계순 사이의 5남 2녀 중 다섯 오빠 밑의 첫딸로 태어남.

1960년 _ 아버지 사망. 큰오빠가 어머니와 더불어 대가족의 생계를 꾸려 가기 시작함.

1961년 _ 전주 중앙국민학교 입학. 철길 옆 중노송동으로 이사 후 전주 풍남국민학교로 전학 감. 이사와 전학으로 인한 변화를 견디기 위한 방편으로 만화에 탐닉하며 만화가를 꿈꾸기도 함.

1967년 _ 전주여자중학교 입학. 소설책을 읽는 재미에 빠진 시기로, 학교 도서관에서 살다시피 함.

1970년 _ 전주여자고등학교 입학. 3년간 각종 백일장과 문예 현상 공모에 참가함. 본격적인 소설 습작을 시작함.

1974년 _ 원광대학교 국어국문학과에 문예 장학생으로 입학함. 1학년 때 수습기자로 들어가서 4학년 때 편집장을 지내기까지 대학 생활의 대부분을 학보사에서 보냄.

1978년 _ 원광대학교 졸업. 정주시 호남고등학교와 전남 고흥 금산동 중학교에서 교사 생활을 함.
「문학사상」 신인상에 〈다시 시작하는 아침〉과 〈이미 닫힌 문〉이 당선되어 등단함.

1979년 _ 전남 광양군의 광양여자중학교로 부임함. 「문학사상」에 〈침묵의 계단〉, 「문학과 지성」에 〈병자들의 여행〉을 발표함.

1980년 _ 광양여자중학교 교직을 사임함. 결혼을 하면서 서울 정릉으로 거처를 옮김.

「문학사상」에 〈무언극 1〉, 〈무언극 2〉를 발표함.
1981년 _ 12월, 소설 『원미동 사람들』의 배경이 된 부천시 원미동으로 이사함. 12월 22일 딸 심은우 태어남.
「문학사상」에 〈갑〉과 〈쥐〉를 발표함.
1982년 _ 「현대문학」에 〈들풀〉, 「문학사상」에 〈이웃들〉, 〈종이꽃〉을 발표함.
1983년 _ 「소설문학」에 〈의치〉, 「문학사상」에 〈3인칭의 바다〉를 발표함.
1984년 _ 「문학사상」에 〈유빙〉, 〈덩굴풀〉, 「학원」에 〈유황불〉, 「소설문학」에 〈다락방〉을 발표함.
1985년 _ 「한국문학」에 〈얼룩〉, 「외국문학」에 〈좁고 어두운 거리〉, 「문예중앙」에 〈방울새〉, 「세계의 문학」에 〈갇혀 있는 섬〉, 〈희망〉, 〈공중 위의 집〉, 〈녹〉 등을 발표함.
첫 창작집 『귀머거리 새』(민음사)를 출간함.
1986년 _ 「한국문학」에 〈멀고 아름다운 동네〉를 발표하고 이를 시작으로 『원미동 사람들』 연작을 발표함.
「문학사상」에 〈불씨〉, 〈한 마리의 나그네 쥐〉, 「동서문학」에 〈마지막 땅〉, 「한국문학」에 〈원미동 시인〉, 「세계의 문학」에 〈비 오는 날이면 가리봉동에 가야 한다〉를 발표함.
1987년 _ 「문학사상」에 〈지하생활자〉, 「한국문학」에 〈한계령〉, 「우리 세대의문학」에 〈일용할 양식〉을 발표함.
연작 소설집 『원미동 사람들』(문학과지성사)을 출간함.
1988년 _ 『원미동 사람들』로 제5회 유주현문학상을 수상함.
수필집 『따뜻한 내 집 창밖에서 누군가 울고 있다』(현암사)를 출간함. 「문예중앙」에 〈정호 엄마〉, 「현대문학」에 〈천마총 가는 길〉을 발표함.

1989년 _ 「문학과사회」에 〈기회주의자〉, 「창작과비평」에 〈슬픔도 힘이 된다〉를 발표함.
　　　　　인물 소설집 『지구를 색칠하는 페인트공』(살림)을 발표함.
1990년 _ 「한국일보」에 장편 〈희망〉을 연재하기 시작함.
　　　　　7월, 10년을 살았던 부천시 원미동을 떠나 서울 종로구 구기동으로 이사함. 첫 장편 『희망』(살림)을 출간함.
1992년 _ 〈숨은 꽃〉으로 제16회 이상문학상을 수상함.
　　　　　장편 『나는 소망한다 내게 금지된 것을』(살림)을 출간함.
1993년 _ 창작집 『슬픔도 힘이 된다』(문학과지성사), 인물 소설집 『길모퉁이에서 만난 사람』(살림)을 출간함.
1994년 _ 장편 동화 『누리야 누리야 뭐 하니』(한양출판사)를 출간함.
1995년 _ 장편 『천년의 사랑』(살림)을 출간함.
1996년 _ 〈곰 이야기〉로 제41회 현대문학상을 수상함.
1998년 _ 장편 『모순』(살림)을 출간함.
1999년 _ 〈늪〉으로 제4회 21세기문학상을 수상함.
2000년 _ 에세이집 『부엌신』(살림)을 출간함.